李京姬

창신동에서 지금 여기
昌信洞

선우미디어 sunwoomedia

李京姬 창신동에서 지금 여기

1판 1쇄 발행 | 2019년 5월 27일

지은이 | 이경희
발행인 | 이선우
펴낸곳 | 도서출판 선우미디어
　　　　등록 | 1997. 8. 7 제305-2014-000020
　　　　02643 서울시 동대문구 장한로12길 40, 101동 203호
　　　　☎ 2272-3351, 3352 팩스: 2272-5540
　　　　sunwoome@hanmail.net
　　　　Printed in Korea ⓒ 2019. 이경희

값 15,000원

※ 잘못된 책은 바꿔 드립니다.
※ 저자와 협의하여 인지 생략합니다.
※ 이 도서의 국립중앙도서관 출판예정도서목록(CIP)은 서지정보유통지원시스템
　　홈페이지 (http://seoji.nl.go.kr)와 국가자료공동목록시스템(http://www.nl.go.kr/kolisnet)에서
　　이용하실 수 있습니다.(CIP제어번호: CIP2019019776)

ISBN 978- 89-5658-612-0 03810

나의 삶을 더할 수 없는 사랑으로 밀어준
남편 고(故) 오수인에게 이 책을 바친다.

독일 뒤셀도르프의 <백남준 회고전>이 열리고 있는 쿤스트파라스트미술관(Museum Kunst Palast) 앞에서(2010. 9. 9.)

책을 엮으며

∽

여든여덟 해를 살아온 일들을 정리하고 싶은 마음에서 이 책을 엮는다. 처음에는 자서전을 쓸 생각을 했지만 그동안 썼던 에세이 속에 나의 삶의 흔적들이 모두 들어있기에 그 글 중에서 추렸다.

나의 가장 어려서의 첫 번째 기억은 장독대 위에 앉아서 사진을 찍은 일이다. 실제로 나는 이 일을 기억하고 있지 않을 것이다. 사진 위에 '9월 14일'이라고 쓰여 있는 것을 보면 12월생인 내가 태어난 지 만 9개월 만에 찍은 사진인데 9개월 된 아기가 이 일을 기억할 리가 없다. 그런데 이상하게도 내가 태어난 예지동 집도 나는 기억하고 있다고 생각한다. 인간의 DNA 속에 엄마 뱃속에 있을 때의 일도 기억하는 인자가 있어서일까.

나의 첫 번째 수필집 《산귀래》에 〈돌문, 거적문〉이란 글이 있는데 거기에 이런 이야기가 있다.

"아가야, 너 엄마 뱃속에서 나올 때 거적문으로 나왔니? 돌문으로 나왔니?"

이렇게 동네 아주머니들이 물으면 나는 "돌문으로 나왔어요."라고 대답했다. 그러면 아주머니들은 또 묻는다.

"돌문을 꼭 닫고 나왔나? 열어놓고 나왔나?"

"꼭 닫고 나왔어요."

나는 이렇게 대답하곤 했다.

외동딸인 나에게 아우가 없어서 사람들이 그렇게 물었는데 나는 정말 엄마 뱃속에서 돌문을 꼭 닫고 나왔다는 생각이 들어서 언제나 같은 대답을 했다.

오래된 기억 중에 또 이런 것이 있다.

추운 겨울이었다. 엄마 등에 업혀서 장교동에 있는 외갓집으로 가는 장교다리 위에서 나는 밖이 궁금해서 포대기 속에서 머리를 내밀려고 했다. "찬바람 쐬면 안 된다. 머리 쏙 집어넣어라." 나는 엄마의 그 목소리를 기억한다. 포대기 속으로 머리를 도로 들여 넣었던 기억과 함께—. 이것도 실은 DNA인자의 기억이 아닌가 한다.

어려서의 이야기 글은 그때 사용했던 어투로 일부러 그대로 썼다. 언어는 그 시대를 상징하기 때문이다.

첫 번째 수필집 ≪산귀래≫(1970)부터, ≪뜰이 보이는 창≫(1972), ≪현이의 연극≫(1973), ≪남미의 기억들≫(1977), ≪봄 시장≫(1977), ≪백남준 이야기≫(2000), ≪외로울 땐 편지를≫(2001), ≪백남준 나의 유치원 친구≫(2010), ≪이경희 기행수필≫(2014) 등 이들 책에 있는 유년기에서 소녀시절, 가정생활과 사회생활, 그리고 나의 삶의 주제처럼 1966년부터 세계를 겁 없이 혼자서 돌아다녔던 기행수필, 이런 순서로 책을 꾸몄다. 또한 세계적인 예술가가 되어 35년 만에 고국 땅에 돌아온 유치원 때의 친구, 남준이가 '경희'를 잊지 않고 찾아 준 백남준의 이야기도 여러 편 넣었다. 그는 나에게 기적 같은 기쁨을 준 친구이다.

그리고 마지막에, 5년 전 용인에 있는 실버타운에 들어와서 황혼의 시간을 보내고 있는 삶의 이야기도 책에 담았다.

주부로서 또한 네 딸의 엄마로서 꽤나 분주하고 수선스럽게 여든 여덟 해를 살아 온 이야기들을 나의 사랑하는 딸들 승온, 승신, 승현, 승민에게 읽히고 싶은 마음이, 이 책을 엮은 가장 큰 이유이다.

≪李京姬 창신동에서 지금 여기≫ 출판을 기쁜 마음으로 맡아 준 선우미디어 이선우 대표와 이건우 님에게 고마움을 전한다. 또한, 이 책의 발간에 큰 힘이 되어준 시니어타운의 마음의 벗 김건열 교수에게도 깊이 감사드린다.

2019년 4월
용인 노블카운티 A동 515호
노란 개나리꽃이 보이는 창가에서

차례 ∽

전기회사 집 외동딸

전기회사 집 외동딸

∽ 창신동(昌信洞) 집의 작은 창문

어렸을 때 나는 동대문 밖 창신동(昌信洞)에서 살았다.

지금은 집들이 꽉 들어차서 시내에 속하지만 나의 어릴 적 창신동은 시골과 같은 동네였다. 실제로 그 동네는 사방에 무밭과 배추밭이 있었다.

우리 집 바로 앞에도 넓은 배추밭과 호박밭이 있어서 이른 새벽이면 채소 장수들이 무 배추를 받으러 왔고, 이 때문에 창신동의 아침은 항상 창밖이 소란스러웠다.

나의 집 앞이 채소밭인데도 야채장수들이 구루마에 갖은 채소들을 싣고 와서 '무드렁', '배추드렁'을 외치면서 나의 아침잠을 깨우곤 하였다. 농사짓는 사람과 농사지은 것을 받아다 파는 사람이 다르다는 것을 나는 알지 못했다.

창신동 집 안방에는 길가로 난 창문이 있었다.

창호지로 바른 네모난 창문은 나의 손이 닿기엔 너무 높은 곳에 있어서 내가 창밖을 내다보려면 엄마가 안아 주어야 했다.

밤이면 창문으로, "만주야 호야 호—야" "모찌—떡"을 외치며 다니는 사내아이의 목소리가 들린다. 나는 사내아이의 목소리가 들리면 그때마다 엄마를 졸라서 소년을 부르게 했다. 엄마에게 안겨서 소년으로부터 모찌떡 종이봉지를 받는 일은 모찌떡을 먹는 것만큼이나 즐거운 일이었다.

창신동 집 창문은 나무로 된 겉문과 창호지를 바른 안문이 있는 겹문으로 된 창인데, 창호지 문을 닫을 때면 쿵쾅거리는 소리를 들어야 했다. 창호지문의 아래 위가 잘 맞지 않아, 아래가 닫히면 위가 창틀에 찡기고 위가 닫히면 아래가 찡기고 해서 손바닥으로 아래위를 번갈아가며 두드려야 했던 그런 작고 네모 난 창문이었다.

새벽잠을 깨우던 "무—드렁" "배추—드렁"의 야채장수들의 외침 소리─. 점점 멀어져가는 "모찌─떡" "만주야 호야 호-야"로 나를 잠들게 했던 소년의 목소리─. 쿵쾅 두들겨서 창호지문을 닫던 엄마의 손바닥 소리와 아빠가 돌아오시는 저녁 발걸음 소리─.

창신동 집은 이미 사라지고 없어졌지만 작은 창문 밖의 소리들은 아직도 지금 여기에….

◁◦ 전기회사 집 외동딸

　초등학교에 들어가자 우리 집은 동대문 밖 창신동에서 종로2가 이층집으로 이사를 하였다. 창신동 집은 조그마한 기와집이었는데 종로2가 집은 전찻길 가에 있는 2층 건물이었다. 길가 쪽에 있는 사무실은 경선전기주식회사 종로출장소였다.

　어려서 나는 어른들이 "너의 아버지는?" 하고 물으면 '게이쬬오덴키 가부시키 카이샤'(경성전기주식회사)라는 회사 이름을 일본어로 단숨에 대답하곤 했다.

　나는 우리 아버지가 그 회사에서 어떤 일을 하고 계신지는 알지 못했으나 아버지를 누구보다도 자랑스럽게 생각하였다. 일제의 강제 삭발령에 친구 아버지들이 모두 머리를 박박 깎았지만 나의 아버지만은 깎지 않고 그대로 버티고 계시는 것이 나에게는 뽐낼 일의 하나였다.

　우리가 이사 간 이층집은 전기회사 사택이었는데 이층집에 산다는 것이 굉장히 부자가 된 기분이어서 친구들을 늘 집으로 불러들이곤 하였다.

　종로2가 동네에서는 나를 전기회사 집 외동딸이라고 불렀다.

　이층집에는 뒷문이 있었다. 우리 가족은 뒷문을 사용해야 했는데 나는 항상 전찻길 쪽에 있는 사무실 문으로 드나들었다. 사무실의 묵직한 문을 쑥 밀고 들어가는 기분이 좋았기 때문이다. 엄마를 따라 명동 건너편에 있는 죠지아(丁字屋)백화점의 빙글빙글 돌고 있는 문에 들어가는 기분이 들어서였다.

학교에서 돌아올 때도 '란도셀'을 멘 등으로 힘껏 문을 밀어서 몸을 한 바퀴 뺑 돌린 후, 문틈으로 싹 빠져나갈 때면 무거운 사무실 유리문은 건들건들 몇 번을 돌다가 멈춰지는 것이 나에게 무척 재미있었다.

사무실에는 리이상(李氏) 아저씨, 복상(朴氏) 아주머니, 그리고 심부름을 하는 소상(宋氏) 오빠, 이렇게 세 사람이 있었다.

저녁이면 두터운 커튼이 쳐진 사무실 안으로 동네 아이들을 불러서 리상 아저씨의 회전의자를 놓고 이발소 놀이도 하고, 복상 아주머니가 늘 통탕거리며 찍던 동그란 도장을 찍으며 우편국 놀이를 하며 놀았다. 그것만이 아니었다. 소상 오빠가 깨끗이 닦아놓은 시멘트 바닥에 '오랴말' 던지기를 한다고 석필로 하얗게 줄을 그어 놓기도 하였다. 나는 사무실의 리상 아저씨와 복상 아주머니가 얼마나 나를 미워할까 겁이 나기도 하였지만, 전기회사 집 외동딸을 부러워하는 동네 아이들에게 잘 보이고 싶어서 아버지가 아시면 혼이 날 것을 알면서도 줄기차게 동네 친구들과 그런 놀이를 하며 놀았다.

전기회사 집 아침은 일찍 밝았다. 아직도 바깥이 컴컴할 때, 딸 그렁거리면서 지나가는 전차 소리로 나는 아침이 된 것을 알 수 있었다.

밤이면 전기회사 집 앞에는 야시장이 섰다. 사람들이 북적거리는 야시장 바닥을 아이들을 따라 잘 돌아다녔다. 대낮보다 더 밝은 불빛 속을 정신없이 돌아다니다가 그만 아이들의 손을 놓치고는 큰 소리로 이름을 불러가며 운 적도 한두 번이 아니었다.

8·15해방이 되자 전기회사 집 앞에는 많은 사람들이 큰길 가에 나와서 함성을 울렸다. 나는 해방이라는 것이 무슨 뜻인지를 몰랐다. 일본이 대동아전쟁에서 꼭 이기는 줄 알고 있었기에 일본이 전쟁에 진 것과 해방이란 것이 어떤 연관이 있는지도 물론 몰랐다.

그러나 아버지께서 일본천황의 중대 방송을 들으신다고 긴장된 표정을 하고 계실 때부터 무언가 우리에게 흥분된 일이 올 것이라는 아주 막연한 직감만은 가지고 있었다. 나는 길가에 나가 어른들 틈에서 덩달아 함성을 울렸으나 실제로 '해방'의 실감보다는 길거리에 나온 사람들을 구경하는 것에 더 흥분되었다.

어찌된 영문인지, 얼마 안 있어 전기회사 사무실은 문을 닫았고 사무실 안은 휑하니 비어있게 되었다. 나는 비어있는 사무실이 아까운 생각이 들어서 다른 여인네들처럼 중국집에서 찐빵을 받아다 팔자고 하였다. 아버지의 대답에서, 그제야 나는 전기회사 집이 우리 집이 아니라는 것을 알고 무척 실망하였다.

종로2가 큰 행길을 지날 때면 떠오르는 어린 시절의 기억. 흰 꼬리를 길게 달고 하늘 멀리 날아가는 B−29 미국비행기를 겁도 없이 커튼 틈으로 바라다보던 2층 베란다며, 자랑스럽게 드나들었던 사무실의 묵직한 유리문은 이제 볼 수 없다.

∽ 서울의 뒷골목

언제부터인지 큰길을 두고 뒷골목을 즐겨 다니는 버릇이 생겼다.

초등학교 때 우리 집은 종각 뒷골목에 있었다. 종각 뒷골목에는 상점이 많았다. 다닥다닥 붙어있는 상점에는 갓끈이라든가 장구 같은 것이 걸려 있었고, 담뱃대, 마고자단추, 비녀, 족두리 등이 있었던 기억이 난다.

우리 집 바로 앞에는 백합원이라는 요릿집이 있었다. 저녁 무렵이면 골목으로 창이 난 주방에서 도마소리가 요란하게 들렸고 갖가지 음식냄새가 좁은 골목 안을 진동시켜서 정신없이 뛰어놀다 돌아오는 나에게 허기증을 느끼게 하곤 했다.

백합원 지붕 밑에는 길게 비둘기장이 달려있었다. 비둘기들은 점점 식구가 늘어나서 어떤 때는 한 집에서 세 마리, 네 마리씩 기어 나오곤 하였으며 가끔 골목 안을 지나는 사람의 머리나 어깨 위에 예쁜 짓을 하기가 일쑤였다. 이른 새벽 나는 이 비둘기의 꾸륵거리는 울음소리를 잠자리에서 들으며 몹시 슬픈 감정 속에 이불을 덮어쓰곤 하였다. 아마 추운 겨울 날 아침이면 더욱 그렇게 느꼈던 것 같다.

밤이 되면 항상 골목 안은 시끄럽고 소란하였다. 해가 어둑거리기 시작하면 술렁술렁 골목 안을 찾아드는 신사들. 나는 왜 그런지 이렇게 생기가 도는 밤이 오는 것이 즐거웠다.

골목 모퉁이에는 다이아몬드라는 이름의 바에서 쿵작거리는 음악소리와 함께 붉은 빛의 전등이 골목 안의 어두움을 화려하게 물들게 해주고, 그 앞을 지나가는 사람들의 얼굴에 붉은색의 불빛이 비춰질 때 나는 가슴이 두근거릴 정도로 어떤 흥분의 세계를 동경해 보곤 하였다.

밤이 깊을 때까지 주정꾼의 외마디소리와 돌부리에 채이는 구둣발 소리ㅡ. 그럴 때마다 신경질적으로 개들이 짖어대어 골목 안을 시끄럽게 했다. 이런 속에서도 아버지의 발걸음소리를 용하게 나는 찾아내곤 하였다.

골목 안의 밤은 무척이나 길었다.

골목 안에는 바느질집이 있었다. 지붕의 기왓장이 이마에 닿을까 말까 하는 자그마한 집의 유리문 속에는 언제나 바느질하는 아줌마가 인두판을 무릎 위에 놓고 일하고 있는 모습이 보였다. 나는 색색의 헝겊조각을 얻으러 바느질집을 자주 드나들곤 하였다. 그럴 적마다 물속에 담가놓은 반달모양의 하얀 풀 조각을 먹고 싶어 하던 생각─. 젊은 나이에 과부가 되어서 바느질삯으로 자식의 학비를 대고 있다는 바느질집 아줌마에게서 어린 마음에도 어떤 절개의 숭고함을 느꼈던 기억─.

며칠 전, 문득 골목길이 그리워 들어섰다. 그때나 이때나 조금도 변함없이 번잡한 골목 안의 생리─.

풍로를 골목길에 내어놓고 열심히 빈대떡을 부치고 있는 대폿집 아줌마. "어서, 오십쇼!" 소리를 연발하며 습관적으로 길 가는 사람들에게 허리를 꾸벅거리는 천진한 술집 종업원들. 겨우 담 밑까지밖에 햇볕이 깔리지 않는 곳에 약재를 널어놓고 뒤적거리고 있는 한약방 영감님. 따르릉 소리를 요란하게 울리며 골목을 비집고 달리는 자전거 청년. 그리고 온종일 웅크리고 앉아 바느질을 하는 여인네와, 새빨간 입술을 하고 밤을 기다리고 있는 야화(野花)들. '뒷골목 인생'이란 말이 이래서 생겼을까. 나는 이러한 갖가지 인간생활을 볼 수 있는 뒷골목에 한없는 애정을 갖는다.

언젠가 일본에 갔을 때도 뒷골목 길을 택하여 걸은 적이 있다. 외국의 정말 풍경은 뒷골목을 찾아봐야 한다는 여행 선배의 충고가 없었던 것은 아니지만, 여하튼 그래서 나는 뒷길을 곧잘 걷는다. 건물양식이나 상품의 포장은 달라도 동서의 공통된 것은 뒷골목의 독특한 생리였다. 그것은 한 마디로, 제한된 면적 속에서 할 수 있는 재주를 다 부린 인간들의 철저한 호객술이라고나 할까. 모두 직접 알몸을 드러내놓고 자기를 상품화시키고 있는 것이 다를 뿐, 뒷골목 정경에서 인간을 느끼는 것은 이 때문이 아닌지.

나는 내 나름대로의 어떤 정의를 내려본다. 세상이 고도로 발달하고 GNP가 어떻게 되고 하여도 뒷골목에서의 변함없는 두부찌개 냄새며, 한 번도 그 미담이 세상에 알려져 본 일이 없는 절개의 과부가 그리도 많을 수 있다는 것을—.

이제 큰길의 변화에 밀려 결국 이런 골목길도 없어질 테지. 그러면 적어도 나의 인생의 아름다움의 반은 잃는 게 아닌가 해서 공연히 나는 쓸쓸해진다.

∽ 그는 하나의 거목

채영석(蔡永錫)!

이 이름은 나의 외조부라는 친근성보다 나의 스승으로서 오늘의 나를 형성하는 데 길잡이가 되었고, 나의 모든 가치관의 척도처럼 되어 준 분이었다는 것을 나이를 먹으면서 더 확실히 깨닫게 된다. 내가 무의식적으로 하는 동작이나 집안에서의 내 아이들에게 대하는 나의 태도에서 내 자신도 깜짝 놀랄 정도로 그를 닮았다는 것을 발견할 때가 있다.

그러나 이상한 것은 그때 나는 그분에게 구체적으로 가르침을 받을 수 있는 연령은 아니었는데 어떻게 그처럼 큰 영향을 받을 수 있었을까 하는 일이다.

그는 구 대한제국 고급장교였으며 나라가 망하자 다시 신식 의학공부를 시작하여 80세로 세상을 떠날 때까지 인술(仁術)에 몸바친 분이다. 더구나 이제는 그분이 처방한 약의 이름마저 찾아볼 수가 없으나 근대 한국에 있어서 이분의 비방인 '억간산(抑肝散)'이란 약은 우리의 어린이를 지켜 준 명약이었던 것을 나는 똑똑히 알고 있다. 그때 나는 할아버지의 약을 구하려고 먼 시골에서 줄지어 찾아오던 수많은 병자를 목격했기 때문이다.

할아버지에 대한 유일한 기억은 그의 방으로 들어가면 언제나 약 냄새가 풍겼던 일이다. 그래서 후일 나에게 있어서 약 냄새는 곧 나의 할아버지를 생각하게끔 되었다.

깃털이 달린 군모(軍帽)에 많은 훈장을 가슴에 붙인, 큰 액자 속의 할아버지 사진을 아직도 볼 수 있으나 그보다도 나에게 남은 인상은 중절모에 망토를 입으시고 검은 가죽 가방을 든 그분의 풍채이다. 그는 왕진 가실 때 언제나 인력거를 탔는데 그 모습이 나에겐 위엄과 존경의 그런 것이었다. 지금도 기억하지만 그는 멋 진 신사였다.

외할아버지 집에는 아름다운 소리를 내는 큰 대리석의 시계와, 나무로 된 액자 테두리에 깊이 파인 조각이 있는 큰 거울, 중국의 화류로 만든 책장 그리고 큰 병풍들이 있었다.

그러나 내가 커서 그런 옛 물건의 가치를 알게 된 후에 할아버지 집으로 찾아갔을 때는 이미 그 화려하던 물건들은 모두 없어지고 다만 그 멋진 조각이 있던 두꺼운 유리의 거울이 값싼 호마이카로 칠한 나무틀에 바꿔 끼워져 있는 것을 보았을 뿐이다. 할아버지가 세상을 뜨면서 나의 외가는 그렇게 몰락하고 만 것이다.

특히 나의 가슴을 아프게 한 것은 그가 가지고 있는 완고한 윤리 관 때문에 갑자기 세상을 뜬 사실이다. 그것은 그의 아들이며 나의 외삼촌이 병으로 죽자, 그의 젊은 아내가 할아버지가 그렇게 애원

하며 말리는 것도 듣지 않고 개가했기 때문이었다. 그래서 그는 그 일에 깊은 마음의 상처를 입게 되셨고, '마음을 편히 가져야 낫는다.'는 그의 지론대로, 마음의 평화를 얻지 못하고 와병 3일 만에 세상을 하직한 것이다. 그때 나는 초등학교 3학년이었다.

그런데, 그 전날 할아버지가 돌아가시는 꿈을 내가 꾸었던 것이다. 그래서 그 꿈 얘기를 외할머니에게 했더니 그 후 오래도록 우리 가문에서는 외손녀인 나의 꿈 얘기가 끝나지 않고 입에 오르내렸다.

"경희에게 할아버지가 말하고 가셨다."는 그런 미신과 같은 얘기였다.

특히 할아버지가 위대하게 느껴진 것은, 한 번은 할아버지 집에 들렀는데 긴 회초리로 외사촌오빠의 종아리를 때리고 계셨다. 그래서 집안은 온통 부산하였다. 그것은 아직 초등학교 5학년밖에 안 되는 그 오빠가 어디선가 잎담배(葉煙草) 한 묶음을 가져다 담배를 좋아하시는 할아버지에게 드렸는데, 그것이 바로 길에서 리어카에 싣고 가는 잎담배를 뒤에서 몰래 빼왔다는 것 때문이었다. 그리고 할아버지는 그날부터 즐기던 담배를 끊으셨다.

나는 그때 공연히 담배를 피우시지 않는 할아버지가 불쌍하였으면서 어느 때까지 금연하시나를 항상 눈 여겨 보았다. 그러나 할아버지는 끝내 다시는 담배를 입에 대시지 않았다.

만사에 있어서 자기 자신에게 단호하셨던 그분은 나에게 남성의 거목과 같은 이미지를 심어 주었고, 여자는 도저히 남성에게 미칠 수 없다는 것을 보여 준 분이었다.

∽ 장교동(長橋洞)으로 가는 길

나의 외할머니 댁은 장교동에 있었다.

우리 집이 창신동에서 종로2가로 이사 가면서부터 외할머니도 우리 집에 자주 들르셨고 나도 외할머니 댁에 자주 놀러갔다. 종로2가에서 장교동은 가까워서였다.

우리 집에서 우미관(優美館) 골목으로 쭉 걸어가면 청계천의 장교 다리가 나오고, 이 다리를 건너서 오른쪽 청계천을 따라 을지로 쪽으로 조금 올라가면 바로 길가에 외할머니 댁이 있었다. 우리 집에서는 외할머니 댁을 그냥 장교동이라고만 불렀다.

나는 심심해서도 장교동에 갔고, 엄마에게 꾸중을 들어도 장교동에 갔으며, 무엇이 먹고 싶어도 장교동에 갔다. 하루에도 몇 번씩이나 쪼르르 뛰어갔다 오곤 해서 우리 집에서 장교동까지 가는 길에 어느 골목에 어떤 집이 있고, 전봇대가 어디에 몇 개가 있는 것까지 다 외우고 있을 정도였다.

우리 집 뒷문은 관철동으로 빠지는 골목에 있었다. 그 골목에는 술집과 바(Bar)가 몇 개 있어서 밤이면 술주정뱅이들로 좀 시끄러웠다.

골목을 꼬부라지면 세탁소가 있었고 그 옆에 조그만 구멍가게가 있었는데, 나는 그 구멍가게에서 '뻬떼이'(뻬떼이라는 아가씨가 그려져 있는 그림 위에 색칠을 칠하도록 만든 종이) 그림이며 꽝 뽑기를 잘 샀다. 그리고 장난감 팔뚝시계며 장난감 금니도 사서 금니를 한 것처럼 앞니에 붙이기도 하였고, 또 고무꽈리나 인단 사탕, 별과자 등을 사서 군것질도 곧잘 하였다.

구멍가게 맞은편에는 끌고 다니는 리어카 위에 포장을 치고 고구마를 아무렇게나 썰어서 튀긴 것을 설탕 엿에 묻혀서 파는 '뽀떼또'(포테이토) 장수가 있었다.

나의 어머니, 아버지는 내가 길에서 파는 것을 사먹지 못하도록 항상 집에다 과자를 준비해 두시곤 하였지만 나는 이 뽀떼또를 어찌나 좋아하였는지 언제나 장교동에 간다고 나와서는 몰래 사먹곤 하였다.

뽀떼또 장수 앞을 지나서 그대로 쭉 내려가면 오른편에 바느질집이 있었으며 거기서부터는 기와집들이 나란히 있는 꽤 조용한 골목길이 있었다.

그 골목길 중간쯤에 좁은 샛길 모퉁이에 얼굴이 희고 얌체같이 생긴 사내아이가 길에 나와 있곤 하였다. 그 사내아이의 아버지는 나의 아버지와 같은 전기회사에 다니고 계셨기 때문에 그 애는 내가 누구의 딸이라는 것을 알고 있었다. 얼굴은 계집애 같이 생긴 애가 나만 보면 징글맞게 골목길을 막아서곤 하였기 때문에 나는 그 길을 지나다닐 때면 골목에 들어서기 전부터 그 녀석이 있으면 어떻게 하나 걱정을 하곤 하였다. 그래서 골목 어귀에 오면 골목 안을 갸웃이 들여다보고는 그 녀석이 없으면 숨바꼭질하듯이 골목을 빠져 나갔고, 또 그 녀석이 있어 나와 눈이 마주칠 때면 오던 길로 도로 돌아서서 뛰어 달아나곤 하였다. 이럴 때, 나는 그 녀석도 따라와서 내 목덜미를 잡을 것 같아 가슴이 두근두근 하곤 하였다. 그래서 나는 장교동에 가기 위해서 어떤 때는 그 골목을 피해 빙 돌아서 가곤 하였다. 그 길은 우미관(優美館)이란 극장이 있는 큰길이었다.

우미관 앞에는 늘 지저분하게 장사꾼들이 많이 있었다. 군밤장수, 야끼이모(군고구마) 장수, 강냉이구이 장수, 그리고 여름에는 빙수와 냉차 장수들이 있었다. 우미관 문 앞에는 또 시꺼먼 남자들이 무슨 일이나 난 것처럼 항상 우글거렸지만 그 앞에는 구경거리가 많아서 좋았다.

나는 그곳 간판에 그려진 그림을 보는 것이 재미있었고, 그 간판에는 주로 칼싸움 그림이 그려져 있었다.

언젠가 나도 외사촌오빠하고 우미관에 들어가서 활동사진 구경을 한 일이 있다. 두 사람이 아슬아슬하게 칼싸움을 하는 것이 나오다가 어떤 사람이 말을 타고 막 달려오면 사람들은 박수를 신나게 치곤 하여서 나도 멋도 모르고 박수를 쳤던 기억이 난다. 또 어떤 때는 변사가 앞에 나와서 활동사진 돌아가는 설명을 하면서 큰 목소리로 떠들었던 생각도 난다.

우미관 바로 건너편에는 국화빵집이 있었다. 이 국화빵집에는 항상 손님들이 많이 앉아 있었다. 그 집에선 방울떡도 팔았고 또 여름에는 아이스케이크도 팔았다.

나는 국화빵을 사기 위해서 그 집에 자주 갔지만 그 국화빵 굽는 것을 구경하려고도 자주 그 집에 갔다. 국화빵 굽는 것을 보는 것은 정말 재미있었다. 주전자에 담은 밀가루 죽을 척 척 척 척 국화빵 틀에 붓고, 그것은 그냥 놓아두고는 다른 쪽 틀에 있는 것을 송곳 끝으로 훌떡 훌떡 다 뒤집은 다음에, 또 아까 부었던 밀가루 죽 가운데에다가 굵은 반쪽 대나무에 담은 팥 앙꼬를 쓱 쓱 쓱 쓱 집어 넣고는, 또 그리고는 노랗게 구워진 국화빵을 송곳 끝으로 또 척 척 척 척 꺼낸다. 다음에는 기름 솔에 기름을 묻혀서 휙 휙 휙 휙 빠르게 두 손을 움직인다. 그것을 보면서, '저 아저씨는 국화빵을 먹고 싶지도 않나? 나 같으면 하나씩 집어먹으면서 할 텐데—.' 이런 생각을 하면서 구경하곤 하였다.

우미관 큰길에서 장교 다리 쪽으로 걸어 내려가면 중간에 길이 불쑥 튀어나온 곳이 있는데 거기에는 전당포집이 있었다. 나는 그때 그 전당포가 무엇을 하는 집인지를 알고 있어서 그 집에서 나오는 사람은 다 불쌍한 사람이라고 생각하였다. 나는 지금도 전당포만 눈에 띄면 그때 우미관 골목에 있던 전당포 생각이 난다.

장교다리를 건너면 바로 모퉁이에 아이스케이크 집이 있었다. 장교동 외할머니 댁에서 아이스케이크를 사오라고 하면 나는 좋아서 이 집으로 뛰어가곤 하였다. 어떤 때 아이스케이크가 덜 얼어서 기다려야 할 때가 있었다. 그럴 때면, 덜 덜 덜 덜 발동기 돌아가는 소리와 피대 돌아가는 것을 바라다보는 것이 좋아서 기다리는 것이 싫지 않았다.

아이스케이크 집 아저씨는 가늘고 기다란 통이 주렁주렁 달린 상자의 손잡이를 잡고 그것을 물속에 풍덩 넣어서 출렁출렁 흔든 다음에 다시 그 가늘고 기다란 통을 하나하나 물속에 담갔다가 쑥 잡아 빼고 또 다음 것을 물속에 담갔다가 쑥 잡아 빼곤 한다. 나는 아저씨가 그렇게 하는 것을 볼 때마다 나도 한번 해 보았으면 하였다.

청계천 개천가에는 사람들이나 '구루마' 바퀴가 떨어지지 않게 해놓은 나지막한 돌기둥들이 있었다. 나는 그 돌기둥을 딛고 한

발 한 발 평행봉 위를 걸어가듯이 재주를 피우며 걸어가곤 하였다. 그러다가 외할머니가 그런 나를 보실 때가 있었는데 그럴 때면 돌기둥 위에서 팔딱 뛰어내리고는 외할머니 댁으로 재빨리 들어 가곤 하였다.

여학교에 다닐 때 그 돌기둥 위에 올라서 보니까 어렸을 때 아무 렇지 않았던 그 개천이 무척 깊게 보여서 그 후부터는 돌기둥 위에 올라갈 생각을 하지 않았다.

∽ 포프라 나무 그늘 밑에서

내가 다니던 교동국민학교 운동장 둘레에는 포프라 나무들이 푸른 잎새를 햇빛에 반짝이고 있다.

쉬는 시간이면 운동장으로 뛰어나와 그늘이 좋고 반반한 포프 라 나무 밑으로 아이들이 모여든다. 그곳에는 놀다가 두고 간 공깃 돌들이 소복이 흙에 쌓여 덮여 있다. 손톱 끝이 흙으로 새까맣게 되고 손등이 허옇게 트도록 나는 아이들과 함께 공깃돌을 높이 던졌다가 잡는 공깃돌 놀이를 하였다.

운동회 날에도 '부루마'(주름 잡힌 운동복반바지)에 '다스키'(머리 띠)를 맨 채 포프라 나무그늘에 앉아 공기놀이를 하였다.

나는 포프라 나뭇잎을 좋아하였다. 반들거리면서 빳빳한 잎새에는 가늘고 기다란 줄기가 달려있어서 이 잎으로 가방을 접어 만들어 손가락에 끼고 다녔다.

아이들이 집으로 다 돌아간 텅 빈 운동장에서 비질을 하고 있는 '고즈카이(小使)'상에게 포프라 잎사귀만을 골라서 달라곤 하였다. 포프라 잎사귀로 만든 조그만 가방 속에 전차표를 넣어서 '고즈카이'상에게 주기도 하였다. 지금도 가을이 오면 '고즈카이'상이 외롭게 비질을 하고 있는 모습이 떠오르며 그 언저리에 흩어져 있던 포프라 잎 생각이 난다. 포프라 잎은 또 '고즈카이 시쓰(실)' 안에 있는 큰 가마솥과 청소를 하기 위해 물을 끓일 때 올라오는 허연 김과 기다란 손잡이가 달린 물 국자가 연상되곤 한다.

교동국민학교에는 '후루쇼 센세이(古尚先生)'라는 일본인 남자 선생이 있었다. 나는 이 선생이 제일 무서웠다. 후루쇼 센세이는 교감 선생이며 체조 선생이기도 하였다. 후루쇼 센세이는 항상 큰 목소리로 "오라! 키미다치! 오마에라와!(야! 너네들! 너네들은!) 하고 입에서 튀어나오는 대로 고함을 지르곤 했기 때문에 반장이었던 나는 직원실에 자주 들어가야 했는데 그 선생이 눈에 보이면 들어가질 못하였다.

우리 국민학교에서는 매주 토요일에 전교 학생들의 분열식이 있었다. 각 학급 단위로 분대를 만들어 운동장 둘레를 몇 바퀴씩 행진연습을 하는 것이다. 학생들은 두 손을 높이 흔들고 다리는 직각이 되도록 올려가며 소리가 쾅쾅 나도록 힘차게 땅을 밟으며 행진을 하였다. 분열식을 제일 잘하는 분대부터 해산을 시켰기 때문에 담임선생과 분대장은 필사적으로 자기 분대의 행진을 지휘해야 했다.

어느 비 오는 토요일이었다. 사열을 받기 위해 단상에 올라간 '후루쇼 센세이'는 차렷 자세로 서있는 우리에게 훈시를 한다.

"너희들 발밑에는 우리의 적국 미국의 어린이들이 지금 잠을 자고 있다! 씩씩한 우리 일본 어린이들의 힘찬 발소리로 미국의 어린이들을 깜짝 놀라게 해야 한다!"

나는 후루쇼 센세이의 이 말대로, 우리가 밟는 소리가 지구의 반대쪽까지 들리는 것으로 알고 억수같이 쏟아져 내리는 비를 맞으며 발바닥이 아프도록 기운차게 행진을 하였다. 분대장인 나의 손에 쥐어있는 깃발을 위로 치켜들었다가 아래로 힘주어 내리면서 구령을 한다.

"앞으로- 가-!"

목이 터지라고 소리쳤던 토요일의 분열식-.

비에 젖으면서 비참하리만치 열심히 행진했던 국민학교 분대장 시절의 나의 모습이 영광과 슬픔으로 교차된다.

∞ 부산 제일부두

6·25전쟁의 1·4후퇴 때 나는 어머니와 함께 부산으로 피난을 갔다. 아직 학교가 시작하지 않았던 부산 피난시절 많은 피난 학생들은 직장을 갖거나 장사를 하거나 하며 돈을 벌고 있었다. 나도 부산 제일부두에 취직을 해서 매일 송도에서 부산역 뒤편에 있는 제일부두까지 한 시간 거리를 걸어서 다녔다.

제일부두는 UN군의 식량 및 일용품들을 실은 배들이 입항하는 곳으로 나는 그곳을 관리하고 있는 제7수송과 미군들과 함께 일을 하였다. 제7수송과에서는 몇몇 한국학생들이 함께 일을 하고 있어서 UN군 틈에서도 외롭지 않았다.

우리가 하는 일은 그날그날 수송선에서 하역되는 물건들의 전표를 물품별로 장부에 기입하는 일이었다.

우리 한국학생들을 관리하는 책임자는 베이콘(Bacon)이라는 이름의 마스터 싸전트(Master Sargent)였다. 몸이 퉁퉁하고 눈이 둥그렇고 무뚝뚝한 싸전트 베이콘은 보기만 해도 무섭게 느껴졌다.

그런데 심술궂은 표정으로 가만히 앉아있다가도 우리와 눈을 마주치기만 하면 눈을 찡긋하며 윙크를 하였다. 그 표정이 우스워서 함께 일하는 산옥이라는 여학생과 "픕!" 하고 웃음을 터뜨리곤 하였는데 그때마다 싸전 베이콘은 "와쓰 메러 유?"(What matter you?) 하며 그 큰 눈을 끔벅인다. 나는 피난 때 한참 유행하던 '와쓰 메러 유'가 어디서 나왔는지를 그때 알았다. 당시 유엔군으로 참전했던 미군들이 쓰던 말이었다.

우리 여학생들은 싸전 베이콘의 윙크하는 모습을 보고 더 이상 웃지는 않았지만 그의 거대한 몸짓과 껌벅이는 큰 눈이, 이런 표현은 실례이지만, 꼭 동물원의 하마 같다는 생각을 했던 것을 기억한다.

우리와 함께 전표를 정리하던 중학생 중에 미스터 황이라는 직원이 있었다. 미스터 황은 영어 단어를 어찌나 많이 알고 있는지 '콘사이스'라는 별명까지 붙었다. 그런데 미스터 황은 항상 아래만 내려다보고 다니는 몹시 수줍음을 타는 학생이었다. 굵은 안경테의 안경을 잠시도 쉬지 않고 밀어 올리면서 코를 쭝긋쭝긋 할 뿐이지 아무하고도 말을 하지 않았다. 그러한 미스터 황을 미국인들은 "캔 유, 스피크?"(Can you speak?) 묻곤 했다. 그래도 미스터 황과 말을 해야 할 일이 생기면 싸전트 베이콘은 나를 불러서 통역을 시키곤 했다. 말을 하지 않는 사람의 이야기를 통역한다는 것도 어려운 일이지만, 자기 속으로는 우리가 모르는 어려운 단어를 구상하고 있을 미스터 황의 말을 통역하면서 나는 속으로 무척 미안하게 생각했다.

어느 날 미스터 황은 점심때가 가까이 되어서야 출근을 했다. 그날 점심때 한국인 식당에서 그와 함께 국수를 먹으면서 그에게 늦게 출근한 이유를 물었다.

"아침에 출근을 하려고 나왔더니 순경이 어디를 가냐고…? 그…, 그래서 보니까, 하늘에 별이…. 도, 도루 가서 자다가, 그, 그만…."

밤새 책을 읽다가, 아침이 된 줄 알고 나왔다가 통행시간 전에 나온 그를 순경이 도로 집으로 보내서, 그래서 집에 가서 한 잠 자고 나온 것이 그렇게 되었다는 이야기였다. 그의 더듬거리는 이야기에, 그가 무안해 하든 말든, 나는 배를 잡고 웃었다.

그 해 크리스마스 때 미스터 황은 나에게 영어로 시 한 편을 선물 대신이라고 주었다. 나는 그 시가 너무 좋아서 싸전트 베이콘에게 보여주었다.

싸전트 베이콘은 자기의 상관인 캡틴에게 보여주고—.

그 후부터 미스터 황의 별명은 '셰익스피어'가 되었다.

⌒ '비너스의 탄생'과 K선생님

여학교 때 앨범을 보니까 재미있는 사진들이 많다. 머리를 두 갈래로 뒤로 묶은 모양이며, 빳빳이 풀이 선 흰 칼라에 출렁출렁 긴 플레어스커트 교복을 입은 모습 등. 어쩌면 하나같이 그토록 심각한 표정들을 하고 있는지? 그런 여러 사진들을 들여다보다가 눈길이 멈춰진 사진이 있었다. 그것은 나의 춤추는 사진이었다. 춤을 추는 다른 아이들 틈에서 겨우 얼굴이 보일까 말까 하는 사진이지만 내가 어떤 포즈를 하고 있는지는 짐작할 수 있었다. 그 사진은 여학교 시절의 여러 가지를 생각나게 하였다.

숙명여중 3학년 때의 일, 학교 개교기념일에 명동의 시공관이란 극장에서 예술제를 가졌는데 거기에 내가 출연을 하게 되었다. 그것도 '무용부문'에서였다. '무용부문'이란 말을 특별히 강조하는 것은 내가 학교 때 춤을 추었다는 것이 신기해서이다.

나는 애당초부터 무용이라는 것을 할 생각은 꿈에도 못했다. 할 생각이 없어서라기보다 무용을 할 수 있다고 생각해 본 일이 없었기 때문이다. 나의 몸에 대해서 나는 자신이 없었다. 그 당시, 나는 보기 흉할 정도로 몸이 비쩍 마른 데다가 다리는 마치 황새다리모양 가늘어서 친구들이, 바람이 세게 불면 날아갈 것이라고 놀리곤 했을 정도였으니까 말이다. 무용을 하려면 몸이 곱고 균형이 잡힌 몸매를 가지고 있어야 하기 때문이다.

그런데 어느 날 무용선생인 K선생님이 나를 부르시더니 그날부터 예술제 출연을 위해서 무용부에 들어와서 연습을 하라는 것이었다. 나는 처음에는 선생님 말씀을 잘 알아듣지 못하였다. 무용부 학생 50여 명이 이미 한 달 전부터 예술제를 위하여 연습을 하고 있었기에 갑자기 나에게 예술제에 출연하라고 하시니 말이다. 선생님께 몇 번이나 자신이 없다는 말씀을 드렸다. 그때 선생님은 나에게 말씀하신다.

"경희야, 모든 것은 그것을 잘할 수 있다고 생각하는 사람만 하는 것은 아니야. 자신감을 가지고 열심히 하겠다는 생각만 하면 되는 거야. 얼마나 잘하느냐보다 얼마나 잘할 생각을 하는 것이 중요하단다. 자신감을 가지고 해. 너는 할 수 있을 거야. 이번에 우리가 하려는 것은 여학생으로서는 처음으로 발표하는 단체무용 즉 무용극 같은 것이기 때문에 혼자서 뛰어나게 잘할 생각을 하는 것보다는 여러 사람 속에서 자기를 잘 어울릴 수 있게 하는 것이 중요하단다. 자! 빨리 옷을 갈아입고 이제부터 하는 거야."

나는 선생님이 시키시는 대로 무용복으로 갈아입고 연습을 하고 있는 아이들 틈으로 들어갔다. 그동안 연습을 해 오던 한 아이가 갑자기 건강이 좋지 않아서 내가 그 대역을 맡게 된 것이다.

무용극의 제목은 〈비너스의 탄생〉이다. 붉은 하트를 가슴에 단 큐피트가 비너스에게 화살을 겨누고, 비너스는 조개껍질 속에서 나와 바닷물에 몸을 적시고 있는…. 그리고 나는 여러 아이들과 함께 바닷물이 되는 것이다. 바닷물은 잔잔한 물결이었다가 어느샌가 출렁이는 파도로 바뀐다. 바닷물 역을 하는 많은 아이들 틈에서 나의 춤은 결코 누구의 눈에도 띌 수는 없는 그런 역할의 춤을 추는 것이지만 나는 손과 발을 열심히 따라 움직였고 뛰어야 할 때도 열심히 뛰었다. 처음에는 나의 서투른 동작을 보고 아이들이 자꾸 웃기도 하였다. 그래도 나는 부끄럽다는 생각이 들지 않았다. 나를 지켜보고 계시는 K선생님의 눈빛이 든든해서였는지 모른다.

마침내 예술제 날이 왔다. 나는 거의 나 자신을 잊어버리고 그 춤의 분위기 속으로 완전히 융화되었다. 처음에는 50명이나 되는 많은 아이들과 함께 무대 위에서 뛰어야 해서 몹시 긴장이 되었으나 그저 열심히 따라했다. 마침내 춤은 끝나고 막이 내렸다. 관객의 큰 박수소리를 들으면서 상기된 얼굴로 옷을 갈아입고 있는데 선생님이 분장실로 들어오셨다.

"참, 훌륭했어!"

선생님은 나의 어깨를 툭툭 치시면서 단지 이 한마디만을 하고 나가셨다. 그러나 나는 더 이상의 말을 바라지 않았다. K선생님과의 오랜 생활동안 그분이 어느 때 어깨를 치시는가를 나는 알고 있었기 때문이다.

어딘가 모르게 무뚝뚝하고 남성적이면서도 섬세함과 낭만을 즐기시는 K선생님. 항상 적당히 하는 것을 싫어하셨고, 태도가 분명치 않은 아이들에게 늘 엄하게 주의를 주시는 분이셨다.

몇 해 전인가 길에서 K선생님을 만난 적이 있었다. 그때도 선생님은 나의 어깨를 툭툭 치시면서 말하셨다.

"경희, 잘하고 있을 거야."

주부노릇도 잘하고 있을 거고, 엄마 노릇도 잘하고 있을 거라는 뜻이라고 생각하였다. 그리고 사회활동도 잘하고 있을 거라는 뜻도 포함되어 있다는 것을.

여전히 꼿꼿한 체격과 강한 눈빛, 빠른 걸음으로 멀리 걸어가시는 K선생님의 뒷모습을 바라보면서 한참동안을 생각했다.

"정말 내가 잘하고 있는 것인지?"

나에게 모든 일에 자신감을 갖게 해주신 K선생님은 우리나라에서 처음으로 덴마크에서 무용연수를 받고 오신 김유하(金有夏)선생님이시다.

⌒ 하나의 파란 은행알이

아이들이 치는 피아노 연습곡을 들을 때 나의 마음은 평화롭다. 무엇이 어떻다는 이유 없이, 내가 이렇게 쉴 수 있고 아이들이 서툰 대로 연습곡이라도 들려준다는 것, 그럴 때 나는 그저 행복을 느낀다. 셋째 딸 현이가 치는 피아노 소리였다.

아빠는 소파에 앉아 신문을 보고 있었고 할머니는 굵다란 돗바늘을 들고 아이들 가방끈을 달고 있었다. 막내인 민아는 할머니 옆에 바싹 엎드려서 그림책을 들여다보고 있고, 강아지 쁘띠가 민아 겨드랑이에 코를 박고 자고 있다. 민아가 보는 책은 조금 전에 사다 준 ≪튤립공주≫인 것 같았다. 그림책 바로 위엔 색종이로 접은 종이학이 오뚝하니 놓여 있었다.

나는 아빠 옆에 가서 앉았다. 그리고 옆에 있는 또 한 장의 신문을 손에 들었다. 재떨이 안에는 담뱃재와 여러 개의 꽁초가 어수선하게 흐트러져 있다. 조금 전에 비어다 놓은 재떨이인데 벌써 이렇게 수북하게 쌓인 것을 보니 내가 그토록 오래 이층에 있었던가?

"여보, 이제 다 끝났어?"

옆에 와 앉는 것을 모르고 있는 줄 알았던 아빠가 이렇게 나에게 물었다.

"아—뇨."

글을 쓴다고 늘 자리를 비우고 있는 나를 이해해 주는 남편에게 오늘밤만은 "네—." 하고 대답해야지 하고 마음먹었는데 또 아니라고 대답을 해놓고 미안한 생각이 들었다. 아내라는 직업의 천성 때문이었겠지—.

어렸을 적의 일이다.

갖고 싶었던 장난감 피아노를 사 받고 손가락으로 마구 누르며 좋아하고 있었다.

아버지는 엎드려서 신문을 보고 계셨고 어머니는 아버지 머리맡에 앉아서 전기곤로로 은행을 굽고 계셨다. 어머니는 구워진 파란 은행 알을 양쪽 손바닥 위에서 이리저리 훌훌 껍질을 불어서 엎드리고 계신 아버지 입에다 넣어 주신다.

"이제 고만—."

무표정한 얼굴로 신문만 들여다보시면서 아버지는 고만 먹겠다고 하신다. 어머니는 못 들으신 척, 손바닥에 있는 은행을 얼른 아버지 입 속에 또 넣으신다. 그리고는 금방 또 하나를 넣으신다.

"이제 고만—."

아버지는 몸을 뒤척이신다.

"요것 하나만 더요. 은행이 남자들한테 얼마나 좋은 건지 아세요?"

어머니는 석쇠 위에 남은 몇 개의 은행을 얼른 마저 구워서 싫다는 아버지 입에 계속 넣으신다. 나는 그 맛없는 은행이 어째서 남자에게 좋은지 이상하게 생각했지만 묻지는 않았다.

나는 계속 장난감 피아노를 뚱땅거렸다. 내 딴엔 무척 기분을 내며, 내가 아는 동요를 모조리 노래 부르며 두드렸다. 물론 내가 부르고 있는 노래의 음정과 피아노 음은 똑같지가 않았지만 나는 그것이 같다는 기분으로 두들겼다. 그러자 어머니는 은행을 굽던 손을 터시고 내 옆으로 오시더니 나의 손가락을 붙잡고 피아노건반을 두들겨 주신다.

"쏠 – 라 쏠 – 미, 쏠 미 도 쏠, 라 – 도 레 – 쏠 미–"

어머니는 입을 크게 벌리셨지만 목소리는 작게 내며 노래를 부르신다. 어머니가 좋아하시는 '푸른 하늘 은하수' 노래이다. 부엌에서 일하시면서, "푸른 하늘 은하수 하얀 쪽배엔–" 하고 부르시곤 했기에 나는 그 노래를 잘 알고 있었다. 그때 나는 '행복'이라는 감정을 뚜렷이는 알지 못했지만, 엄마 아빠와 함께 있는 밤이 마냥 좋기만 하였다.

오늘밤 나는 그때와는 전혀 다른 입장에서 이 시간을 행복하다고 느끼고 있다. 그때의 나의 어머니의 모습과, 지금의 어머니로서의 나의 모습은 판연히 다르다는 것을 나는 안다. 아내의 임무와 엄마로서의 의무가 있는 오늘의 내가 다르다는 것을ㅡ.

나는 잠시 혼동되는 나의 생각을 정리해 보려고 하였다. 내가 이렇게 나의 가족의 배치에 대하여 행복을 느끼고 있는 동안, 나의 네 딸들과 남편이 이 평화로운(?) 분위기 속에서 미흡한 감정을 참고 있지나 않는가 하여ㅡ.

자신 있게 뛰어든 나의 인생의 표적이, 그리고 신념을 가지고 이루어 놓은 나의 가정의 모습을 이렇게 불안한 생각으로 뒤적이고 있다니, 알 수 없는 일이다. 아마도 내가 가족을 위해 시간을 다하지 못하고 있다는 것에 대한 반성이 아닌가도 생각하게 되었다. 그러나 산나물 광주리를 앞에 놓고 칭얼대는 아이에게 젖을 물리고 앉아 있는 촌 여인의 마음에 행복이 있을 수가 있고, 골프 채를 메고 푸른 잔디 위를 거니는 날아갈 듯이 보이는 여인의 마음 속에 우수가 잠겨 있을 수가 있지 않겠는가. 나는 다시 방안을 돌아보았다.

그림책밖에 볼 줄 모르는 지금의 민아가 먼 훗날, 오늘밤의 일이 문득 생각나서, 그리고 글이라도 쓰고 싶어질 때 민아는 혹시 이렇게라도 쓰지 않을까 하는 생각이 들었다.

"벽에는 엄마가 그린 그림이 하나 가득 걸려 있었다. 셋째언니가 치는 피아노 소리를 들으면서 나는 엄마가 사다 준 그림책을 보고 있었다. 그림책 속에 나오는 튤립공주가 무척 불쌍하다고 생각하였다. 나의 겨드랑이 속에 파묻혀 잠자고 있는 쁘띠의 체온이 무척 따뜻하였다. 두 큰 언니는 언니들 방에서 내려오지 않고 있었으나 나는 언니들이 무엇을 하고 있는지를 알 수 있다. 낮에 사온 그림종이를 오리고 있을 거라는 것을…."

이층에서 큰딸 온이가 쪼르르 뛰어 내려왔다. 키가 어찌나 커졌는지 층계 위 천장이 닿을 것같이 생각되었다. 쭉 뻗은 다리가 곱다고 느껴졌다.

"엄마, 내일부터 수영 연습을 시작하게 되었어요. 수영장 사용료가 한 달에 6백 원이래요."

나에게 돈을 타러 온 것이었다. 피아노를 치고 있던 현이도 돈 소리를 듣자 엄마 앞에 와서 말한다.

"나도요. 내일 학교에 꽃을 사 가지고 가야 해요."

민아가 언니들 이야기를 듣고는 핀잔을 준다.

"너희들은 엄마한테 돈만 달래니?"

돈 달래는 일이 없는 민아는 언제나 언니들이 돈 이야기를 할 때 이런 말을 하곤 한다.

아이들이 몰려 와서 손을 내밀 때 나는 무조건 즐거운 생각이 든다. 구김살 없이 나에게 돈을 달랠 수 있는 어린 마음을 위해서 나는 그래서 애쓰고 있는 것이 아닌가.

할머니가 부엌에 나가서 밤 삶은 것을 가지고 들어오셨다. 아빠도 그제서야 손에 들었던 신문을 옆에 내려놓고, "신아는 도대체 무엇을 하니?"라고 물어보자, 아빠의 말이 끝나기가 무섭게 민아가 큰 소리를 지른다.

"둘째언니-!"

순간, 나는 다시 현실로 돌아왔다.

하나의 파란 은행알이 생각나는 밤이다.

᧑ 스무고개와 재치문답

'재채기하다 빠진 틀니' '귀에 걸고 찾는 돋보기안경' …. 청취자들이 낸 이런 기기묘묘한 문제들을 스무 번 만에 맞추는 〈스무고개〉라는 방송프로가 있었다.

6·25전쟁이 끝나고 서울로 환도한 지 얼마 안 되었을 때였다.

대학교 2학년생이었던 나는 한 친구의 소개로 〈스무고개〉 프로에 출연하게 되었다. 〈스무고개〉 프로는 정해진 네 명의 출연자에 의해서 방송되고 있었는데 그 날은 학생의 날 기념으로 대학생 네 명을 더 출연시켰다. 정규 출연자와 학생 팀을 대결시키기 위해서 그렇게 한 것 같았다.

학생의 날, 방송을 무사히 마치고 집에 돌아왔는데 다음날 담당 프로듀서로부터 전화가 왔다. 다음 주에 또 나와 달라는 것이다. 나는 아무 생각 없이 프로듀서가 나오라는 대로 방송국으로 갔다. 프로듀서는 나를 〈스무고개〉 정규박사(스무고개 출연자를 박사라는 칭호로 불렀다) 자리에 앉히며 그 자리에서 방송을 하라는 것이다.

그 자리에 앉아있는 정규박사들은 사회의 저명인사들인데 그 자리에 나를 앉히고는 앞으로 매주 〈스무고개〉 프로에 나오라고 한다. 네 명의 정규박사 중에 여성이 한 명 필요해서 찾고 있던 중이었다는 것이다. 그동안은 원로 연극배우 복혜숙 씨, 언론인이며 수필가인 조경희 씨가 출연하다가, 방송국 촉탁으로 있었던 시인 노천명 씨가 출연을 했었는데 노천명 씨가 세상을 뜨는 바람에 내가 〈스무고개〉 이경희 박사가 된 것이다.

〈스무고개〉 방송은 인기가 많았다. 피난생활이 끝나고 서울로 환도한 지 얼마 되지 않은 때여서 사람들은 즐길 거리를 KBS라디오에 많이 의존했다. 더욱이 〈스무고개〉는 유일한 교양오락 프로였고 청취자들이 출제한 문제를 박사들이 맞히지 못하면 상금을 타는 프로였기 때문에 당연히 청취율이 높을 수밖에 없었다. 나는 운이 좋아서였는지 청취자들이 낸 문제들을 꽤나 잘 맞혔다. 〈스무고개〉 시간 때마다 톡톡 튀게 잘 맞혔다.

한번은 문시형(文時亨) 프로듀서가 나에게 말한다.

"이경희 씨, 내가 곤란한 일이 있어요. 청취자들한테서 항의가 막 들어오는 거예요. 여자라고 봐주는 거냐. 방송국에 상금 줄 돈이 없으면 프로를 집어 치워라. 그러니 좀 문제를 맞히지 마세요."

아마도 문제를 낸 사람들이 자기가 낸 문제를 내가 맞히니까 여자인 나에게만 미리 답을 알려준 거라고 생각하고 방송국까지 찾아와서 항의를 한 모양이다. 프로듀서가 입장이 곤란해서 나에게 문제를 맞히지 말라는 거였다.

그 말을 듣고 나는 좀 어리둥절하였다.

"그럼, 나에게 미리 정답을 알려주세요. 그래야 내가 답을 피할 수 있을 게 아녜요."

"아, 그렇군요."

프로듀서는 그대로 가버렸다.

나에게 가장 기억에 남는 정답 중의 하나는 '사과꼭지에 낀 쌀겨'였다. 내 자신이 생각해도 통쾌하게 맞혔다. 식물성인 쌀겨라는 것까지는 여러 박사들이 나누어 맞혔지만 그 쌀겨가 어떤 쌀겨라는 것은 다른 박사들이 짐작도 못하고 있을 때 나는 그것이 사과꼭지에 껴있는 쌀겨라는 생각이 번개같이 들어서, 재빠르게 대답했던 것. 그랬더니 한 청취자한테서 전화가 왔다. 자기가 〈스무고개〉 방송을 늘 듣고 있는데 가장 놀라웠던 것이 '사과꼭지에 낀 쌀겨'였다고 하는 전화였다.

　대학교 때 코끼리 브로치를 달고 다녔더니 한 남학생이 나에게 빌려간 노트에 '코끼리 비스킷'이라고 써 놓았다. 그 남학생이 짓궂게도 '코끼리 비스킷'을 스무고개 문제로 냈다. 비스킷은 밀가루로 만들었기 때문에 '식물성'이다. 박사들이 비스킷까지를 말했을 때 나는 그 문제의 답을 알았지만 맞히지를 않았다.

　다음날 학교에서 나는 그 남학생에게 눈을 흘겨줬고, 짓궂은 그는 실실 웃으면서 나를 피했다.

　〈스무고개〉 프로는 〈재치문답〉이라는 프로로 이어졌다.

　〈재치문답〉은 〈스무고개〉와 달리 박사들이 나와서 엉뚱한 동문서답과 노랫말 바꿔 부르기 등으로 폭소를 터뜨리게 하는 프로였다. 나는 박사생활을 몇 번을 그만 두겠다고 마음먹었다가도 프로듀서들이 계속 불러주는 것이 싫지 않아서 20년 가까이 방송국을 드나들었다.

자기자랑을 늘어놓는 글이 얼마나 유치한 일인가를 모르지 않으면서도 나에게 있어서 방송이라는 것은 나의 사회생활의 첫 시작이었고, 남은 세월이 얼마 남지 않은 여든이 넘은 이 나이에 한 번쯤 글로 밝혀도 되지 않을까 하는 생각에서 마음먹고 이야기를 털어놓고 있다.

〈스무고개〉 프로를 만든 문시형 프로듀서가 나를 사무실로 부르더니 조용히 말한다.

"북한에서 넘어 온 사람이 며칠 전 나를 찾아왔어요. 글쎄, 자기가 남한으로 내려올 수 있었던 것은 〈스무고개〉 방송 때문이라는 거예요. 이경희 박사의 낭랑한 목소리를 들으면서, 남한에는 자유가 있구나 했다는 거예요. 그래서 넘어왔다며 고맙다는 인사를 하러 나를 찾아왔다."고 한다. 그 당시는 북에서 탈출한 사람에 대한 보도를 함부로 할 수 없을 때여서 아무에게나 얘길 못하고 나를 따로 불러서 얘기해 준다는 것이다.

이런 가슴 두근거리는 얘기를 나도 지금껏 말하지 않고 마음속으로만 간직하고 있던, 그때 그 시절의 일을 여기에 처음으로 밝힌다.

〰️ 그리도 좋아했던 아버지와의 관계마저도

"오늘도 학교에 가요?"

책가방을 들고 언덕길을 내려오는데 아버지 사무실 직원이 숨차게 올라오면서 나에게 묻는다.

'오늘도 학교에 가다니, 오늘이 무슨 날인데-?'

순간 머리에 스치는 것이 있었다.

"학교 잘 다녀오너라. 조심해서."

다른 날과 달리 현관까지 따라 나오신 아버지에게서 휙 하고 화장수 향내가 풍겼다. 뭔가 보통 날과 다르다는 생각이 들었다.

'그렇구나, 아버지가 오늘 결혼식을 올리시는구나.'

어머니와 헤어진 지 일 년도 안 되는 아버지가 새 여자를 들이기로 했다는 것은 알고 있었지만 결혼식까지 한다는 것은 몰랐다.

"넌 누구하고 살고 싶으냐?"

얼마 전 아버지가 어머니를 앞에 두고 물으셨을 때 고개를 숙인 채, "아버지 하고요."라고 기어들어가는 목소리로 대답했다. 하나밖에 없는 외동딸인 나를 유별하달 정도로 사랑하시는 아버지를 실망시켜 드리지 않기 위해서였다.

다음날 학교에서 돌아오니 어머니는 집에 안 계셨다. 텅 빈 집,

깃털이 내려앉듯 책상 앞에 앉았다. 흰 종이에 엄마 글씨가 보였다.

"경희야, 엄마는 외할머니 집으로 간다."

경상북도 안동이 고향인 아버지는 조선총독부가 13개 각도에서 초등학교 졸업생 한 명씩을 유학명목으로 일본에 보내는 데에 선정되어 코베(神戶)의 일본인 집에서 중학교를 다니셨다. 일본에서 돌아온 아버지는 서울의 경성전기주식회사에 입사하고, 정자옥(丁字屋) 백화점에 다니고 있는 동덕여학교 졸업생인 어머니를 만나 열애 끝에 결혼하셨다. 외할아버지의 반대를 무릅쓰고 어머니가 집을 뛰쳐나오다시피 열렬한 사랑으로 맺어진 부부였다는 얘기를 어른이 돼서 들었다. 그런 두 분이 이혼을 하신 것이다.

외할아버지는 서울대학교 의과대학 전신인 경성의학전문학교 1회 졸업생으로 육군군의관으로 계시면서 고종(高宗) 때 의친왕을 위해 궁에 출입하신 어의(御醫)이시기도 했다. 그런 외할아버지가 총독부가 선정한 일본유학생인 아버지와의 혼인을 허락하실 리가 없었다. 그러나 두 분은 외할아버지의 반대를 무릅쓰고 살림을 차리셨다.

나는 거의 매일같이 학교에서 돌아오는 길에 외할머니 댁에 계시는 어머니를 만나곤 했다. 어머니가 차려주신 저녁을 먹고 집에 돌아와서도 외가에 들러 온 것을 아버지와 새 여자가 알까봐 안 먹은 척 하고 저녁을 또 먹곤 하였다. 여학교 2학년생인 나는 가슴 설레는 꿈을 갖는 대신에 거짓이 탄로 날까 봐 늘 마음 졸이며 사는 그늘진 생활을 하였다.

"어머니라고 불러라. 돈이 필요할 땐 어머니한테 달라고 하고."

어머니? 엄마가 있는 나에게 새로 들어 온 젊은 여자를 어머니라고 부르라는 아버지의 말이시다.

어느 날 교복을 사준다고 함께 나온 새 여자가, "이것이 좋지?" 하는 물음에 "네, 어머니." 하고 들릴까말까 하는 목소리로 '어머니'란 발음을 처음 입속으로 냈다. 그 후부터 '엄마'와 '어머니', 이 두 개의 호칭으로 친어머니와 새 여자를 구분해서 불렀다.

육이오전쟁 동안 나는 엄마와 같이 부산에서 지냈다. 피난생활을 마치고 3년 만에 서울 집으로 돌아왔더니 처음 보는 조그만 계집애가 눈에 띄었다. 그 애가 나를 보고 쪼르르 내 방에 따라 들어와서는, "엄마, 이 언니 누구야?" 하는 게 아닌가. 카랑카랑한 계집애의 목소리가 너무도 나에겐 당돌하게 들린 순간 우리 집 분위기가 달라진 것을 알았다. 갑자기 나는 집 없는 아이가 되어버린 그런 느낌이 들었다. 그 아이는 이미 나의 아버지의 호적에 딸로 올라있는 아이였다.

어머니와 이혼한 아버지가 새장가를 드시는 것은 말릴 수 없는 일이다. 새로 시집 온 여자가 아이가 없어서 자기 여동생의 딸을 친딸로 삼은 것도 그러면 안 되는 일은 아니다. 아버지와 새 여자,

그리고 나와는 아무 혈연이 아니면서 동생이 된 아이ㅡ. 그 사이에서 나의 자리는 어딘지? 그때부터 물 위를 떠도는 부평초처럼 그런 내가 되어버렸다.

아버지가 외로우실 것 같아서 미국유학도 포기했고, 문학을 하려는 나에게, "그건 해서 뭘 하니. 약학을 해라." 하여 마음에 없었던 약학을 전공하기도 한, 그토록 아버지 말을 거역치 않고 잘 들었던 나. 입에서 나오지 않는 '어머니' 소리를 아버지 마음을 편하게 해드리기 위해서 하라는 대로 따랐고, 그리고 어머니가 된 젊은 여자에게 불평이나 반항 한 번 하지 않고 지냈던 나였다. 어머니라고 불린 그 젊은 여자도 나에게 성의를 다하는, 정이 많은 여자였지만 그녀와 나는 서로 간에 분명히 인위적인 노력이 필요한 관계가 아니었겠는가.

노환으로 누워계시는 아버지를 몇 주가 지나도록 찾아뵙지 않고 있는 어느 날 아버지에게서 전화가 왔다.

"너는 그리도 바쁘냐?"

아버지의 음성이 준엄하게 들렸다. 내가 아버지 생각을 안 하고 있었던 것이 아니다. 매일 생각을 하면서도 가기가 싫었다. 일부러 불효자가 되고 싶었다고 할까ㅡ. 급히 아버지를 뵈러 갔더니 내 눈을 피해 고개를 돌리시며 말씀하신다.

"너무 늦게 왔다."

고개를 돌리시던 아버지는 다음 날 밤에 더 이상 찾아뵐 수 없이 저세상으로 가셨다.

하나뿐인 나를 두고 아버지와 이혼을 했다는 이유로 무척이나 미워했던 엄마. 나의 결혼식에 오시고 싶어 하는 것을 아버지와 새 여자의 입장을 생각해서 못 오시게 했더니 절에 가서 며칠을 계시다 오신 엄마. 그러던 엄마 생각은 수시로 나서 그럴 때마다 사진 속 엄마 얼굴을 들여다보곤 하는데, 아버지에 대한 감정은 왜 이렇게 되었는지? 마치 중화제에 의해 빛도 향도 없어진, 그리고 아무런 맛도 입속에서 느껴지지 않는 그런 말간 물같이 된 아버지에 대한 감정이 이상할 따름이다.

인생이 마무리되는 햇수를 손가락으로 셀 수 있게 된 이제야 나는 그 원인을 알아냈다. 그 원인은 바로 나 자신에게 있었다. 싫고 좋은 감정을 정직하게 표현하지 못하고 참기만 한 나의 행동이 결코 옳았던 것이 아니었다. 내가 아버지를 위해서라고 생각했던 것은, 아버지에게 나를 잘 보이기 위한, 나 자신을 위해서였음을 알았다.

사람과 사람 사이의 관계에는 주고받는 밉고 좋은 감정의 정해진 용량이 있었다. 그 용량이 한계를 넘으면 서로의 관계의 탄력도 삭아져 없어진다는 사실을 깨달았다. 나의 이상형의 남자로 그리도 좋아했던 아버지와의 관계마저도-.

겨울밤 하늘에 오늘은 별이 안 보인다.

ᨠ 가을 단상

1. 유자

"유자 아니라도 품은즉 하다마는 품어 가 반길 이 없으니 그를 설워 하노라."

이 구절은 유자를 볼 때마다 항상 생각나는 글이다.

서울, 번화한 거리에서 문득 눈에 띄는 유자의 노란 빛깔과 그 향기! 나는 잠시 모든 것을 잊고 마치 본능적인 동작으로 유자 장수 곁으로 다가선다. 이 매끄러운 촉감. 코에 대면 새삼 신선하여 눈이 감기는 유향!

한겨울 눈이 내리는 창가에서 유자차를 마시는 따사로움보다, 어느 먼 시골, 유자의 흰 빛깔의 꽃과 그 향기를 나는 생각하게 된다.

유자 몇 개를 골라 늙은 유자 장수에게 값을 묻는데 한 개 백 원이란다. 며칠 후 이 과실을 한 접 사서 설탕 단지 속에 재워야겠다고 마음먹는다.

2. 꽈리

송추(松楸)에서 돌아오는 길에서 붉은 꽈리 장수를 만났다. 한참 못 보던 꽈리에 나는 환성을 올렸다.

어렸을 때 그리도 다정했던 꽈리! 수없이 찢어뜨리고, 수없이 먹어 없앤 꽈리. 그 적에 나는 어머니가 어금니로도 꽈리를 눌러 소리를 내는 것을 무척 부러워했었다.

말랑말랑해진 꽈리의 그 보드라운 촉감, 한입에 홀딱 넣어 입 속에서 동글리고 싶은 그런 충동을 느끼게 하는 꽈리에는 나의 어릴 적 추억이 있다.

아이들에게 나누어 주기 위해 한 줄 샀다.

시큼털털한 꽈리 물을 얼굴을 찡그리며 연상 빨고 있는 아이들의 모습ㅡ. 오므린 입술이 붉은 꽈리와 함께 툭 터질 것만 같다.

3. 옥수수

오래간만에 붐비는 명동 거리로 나갔다.

어디선가 옥수수 굽는 냄새가 풍겼다. 이 냄새에는 나의 어릴 적 향수가 있다.

열한 살 때 철원 작은아버지 댁에 갔을 때 마당에 멍석을 펴고 그 위에서 하늘을 보며 뒹굴면서 먹던 옥수수의 맛을 잊을 수 없다.

'펑!' 하고 강냉이 튀기는 소리에 매번 놀라면서도 반가워서 달려갔을 때 허연 김을 타고 번지는 구수한 냄새! 이 냄새에는 또 다른 향취가 있다. 강냉이 굽는 냄새는 나를 매혹시킨다.

4. 석류

석류가 나무에 달린 채 익어 터지는 모양을 본 일은 한 번도 없다. 그러나 그림마다 석류는 붉게 껍질이 벌어져 있고, 그 속의 익은 열매가 쏟아져 나올 것 같아서 나를 황홀하게 한다.

내가 석류를 좋아하는 것은 석류의 실물 그 자체가 아니라 그림에서 본 환상적인 인상 때문인 것 같다.

동대문에서 석류 몇 개를 골랐다. 나도 이것을 그림 그리고 싶어서였다. 그런데 막상 실물을 대했을 때 그리도 감정 없는 과일인 것에 실망하고 말았다. 그림에서 보는 아름다운 그런 껍질도 아니고 결코 스케치도 잘 되어지는 그런 형태도 아니었다.

그러나 보석같이 빛나는 석류의 속 알맹이들을 볼 때 나는 커다란 기쁨을 대하는 감격을 느낀다.

그 투명한 진분홍빛 알맹이의 새큼한 맛. 마치 새벽에 눈 위를 걷는 것 같은 너무도 신선한 맛을 연상하게 한다.

5. 모과

　일정한 규격을 갖추지 않고 제 마음대로 생긴 모과에 나는 흥미가 있다. 더구나 그 아무렇게나 생긴 꼴에 그리도 세련된 향기를 가지고 있는 것에 더욱 매력을 느낀다. 먹음직스러워 한입 씹으면 역시 사랑스럽지 못한 감촉. 그래서 "과일 망신은 모과가 시킨다."는 얘기가 생겨난 모양이라고 새삼 느낀다.

　어느 누구는 연상 모과차가 맛이 있다고 하기에 금년엔 꼭 모과차를 만들 예정으로 있다. 그리고 그리운 친구를 불러 내 방에 모시고 손수 내가 그 차를 따르리라.

　제멋대로 생긴 모과이기에 나는 끊임없는 애정을 갖는다.

6. 국화꽃

나의 학원 아랫집이 꽃가게여서 언제나 그 앞을 지날 때마다
푸른 식물을 대하게 된다. 그러나 요즈음은 온실 꽃들이 쏟아져
나오기 때문에 그 앞을 지나면서도 참다운 계절을 느끼지 못한다.

국화들이 선을 보일 때면 왜 그런지 피부적으로 가을을 느끼게
된다. 어떻든 국화는 가을 이외에는 피지 않기 때문일까?

꽃가게로 들어가 잘생긴 흰 국화꽃 두 송이를 샀다. 그림을 그리
고 싶어서였다. 잠이 오지 않는 밤이면 언제나 생각나는 것이 무엇
인가에 집착하여 그림을 그리고 싶다는 마음이다. 그래서 나는 꽃
을 사들고 오늘밤 잠이 오지 않기를 바라면서 학원 사무실의 긴긴
계단을 올랐다.

7. 밤

옛날 우리 우화에 잿불에 묻어둔 밤이 터지는 바람에 호랑이의 눈이 멀었다는 얘기가 있다. 초등학교에 다닐 때 길가에서 군밤을 파는 할머니가 작은 칼로 밤 껍질을 연방 길게 째는 것을 보고 왜 그러느냐고 물어본 일이 있다. "이 껍질을 구멍 내지 않으면 뻥! 하고 터져요."

나는 이때부터 밤은 그대로 불속에 넣으면 안 된다는 사실을 알게 되었다. 그런데 어느 날 깜빡 잊고 그대로 넣었다가 밤이 터져서 재와 밤의 냄새가 온통 방안을 덮은 일이 있었다.

밤은 이래서 나의 어린 시절의 향수가 있다.

8. 포도

포도를 그대로 항아리 속에 넣어도 멋진 술이 된다는 사실은 언제나 나를 즐겁게 한다. 내가 공연히 포도에 자신을 갖는 이유도 따지고 보면 이 때문인 것 같다.

나는 술이란 것을 별로 좋아하지 않으면서 포도주에 흥미를 느끼는 일을 어쩐 일일까?

둥근 샴페인 글라스에 반쯤 담은 붉은 빛깔의 포도주!

아직도 마음 놓고 쭉 들이켠 기억은 없어도 그 빛깔이 나무도 좋다는 생각뿐. 그래서 포도 철이면 서둘러 안양으로 갔었고 가을이면 으레 포도주를 담근다.

이른 봄 포도주의 새 항아리를 열었을 때에 풍기는 향기! 그 술내음!

내가 때로 남자로 태어나지 못한 것을 실망함도 이 때문이리라.

그 분위기에의 향수

그 분위기에의 향수

∽ ≪산귀래(山歸來)≫ 수필집 후기 후보기(後報記)

● 후기 후보기 Ⅰ

≪산귀래≫라는 이름이 좋아서 표제로 삼았다. 가을이 짙어갈
수록 붉게 익어가는 이 사랑스런 열매에는 필연코 무슨 사연 같은
것이 있을 것 같기도 하고-.

크게 무슨 계획이 있었던 것도 아니다. 다만 '누군가에게 공감을
주는 글을 써 봐야겠다.'는 그저 그런 오기로 시작한 것인데 막상
쓰고 보니 글쓰기가 얼마나 힘들다는 것을 알았고 또 나의 생각과
표현이 이렇게 큰 차이를 갖는다는 것도 알았다.

허나 이제부터 되어질 것 같은 이상한 용기가 생겨지지 않는

것도 아니다.

〈전기회사 집 외동딸〉과 〈바다가 보이는 곳〉은 나의 성장기 같은 것이다.

사실, 나 이외의 분에게는 이런 얘기가 큰 의미가 없을지 모르나 왜 그런지 첫 번째 책에는 이 같은 서론 비슷한 게 들어가야 될 것 같은 생각이 들어서 넣었다.

앞으로 누가 뭐래도 나는 몇 권의 책을 더 써야겠다는 만용에서 오는 신념을 보이는 것도 좋을 것 같기도 하여—.

나는 요즘에 와서 대학 이래 오늘까지 무의미하게 살았다는 뉘우침이 점점 많이 느껴지는 것이 이상하다. 방송의 '패널'로 우중의 박수갈채를 받으며, 그렇게 20여 년—.

물론 이것이 나의 직업은 아니었으나 나는 이런 문화적인 분위기가 좋았기 때문에 덤벙덤벙 살아 온 것인데, 막상 오랜 세월을 그렇게 살아오고 보니 결국 다른 사람에게 누구라고 소개를 하기조차 이상하게 된 것을 알게 되었다. 원래 꿈꾸던 글을 썼든지, 어차피 전공인 약학을 계속하였더라면 적어도 나의 정관사(?)는 교수 이경희로서 오늘의 나의 출세욕과 허영심을 충분히 만족시키고 남았을 것으로 확신한다.

대학 때 나의 선생은 우등생인 나에게 몇 번이고 교실에 남아주기를 권하였던 것을 이제 와서 뉘우쳐도 그것은 〈어느 세일즈맨의 죽음〉처럼 다시 돌이킬 수 없는 과거ㅡ.

여하튼 굳이 오늘 책을 내고 싶은 심정의 많은 부분도 솔직히 말하면 이상과 같은 나의 뉘우침과 헛되게 산 것에 대한 반성의 글일지도 모른다. …

● 후기 후보기 2

속표지 다음 장에 나는 '이 책을 누구에게'라는, 그런 글을 넣고 싶었습니다. 어려서 그런 글이 있는 책에서 받은 멋진 감정을 나는 잊지 않고 있기 때문입니다.

그러나 이번에는 넣지 않기로 하였습니다. 왜냐하면 처음 '나의 성장기'를 쓸 때에는 나의 아버지에게 드리고 싶었고, 도중에서는 나의 네 딸에게, 그리고 끝에 가서는 나의 남편에게 주고 싶었기 때문에, 사실 누구에게 꼭 주어야겠다는 대상이 없어졌기 때문입니다. …

벌써 가을입니다. 곧 또 눈이 내리는 겨울이 올 테지요.

나는 내 나이에 무관심했던 지난날에 대해 크게 뉘우침을 가지면서 이 책을 냅니다. …

책을 낼 것을 생각한 지난 8월부터 주섬주섬 쓰기 시작하여 교정을 마칠 때까지 90여 일이 걸린 셈입니다. 대개 이런 형식의 생활기록은 다른 분의 경우는 이미 발표된 것을 모으는 것 같은데 나는 일부러 책을 위해서 새롭게 글을 썼습니다. …

성장기 부분은 사실 나의 자랑할 것만은 빼고 거의 모두를 밝힌 글입니다.

그리고 의식하여 내가 살던 시대의 용어나 그때의 말투를 그대로 실었습니다. 때문에 읽는 분은 불쾌했던 과거를 상기하실지 모릅니다. 그러나 나는 나의 어린 시절을 보다 실감 있게 회상하고 싶고, 또 그때를 증언하고픈 생각으로 쓴 것이니 양해하여 주시기 바랍니다.

책을 만들 때 아빠의 눈치를 많이 보았습니다. 주부가 극성스럽게 책을 낸다는 데 대하여 그는 별로 좋아하지 않을 것 같아서였습니다.

● 후기 후보기 3

몇 군데 쓴 글의 스크랩을 한데 모아 보고파서 ≪산귀래≫를 만들기로 하였다. 이 이상 별 뜻은 없다.

그러나 그동안에 쓴 분량만으로는 되지 않을 것 같아 일기처럼 메모처럼 써둔 얘기들을 보탠 것이다. 아마도 오늘까지 지내 오는 동안의 자랑할 것 이외에는 다 써 넣은 것 같다. 때문에 자연히 나의 성장기는 '어린 시절' '여학교 때' '피난 때' '대학 때' 이런 순서로 되었다.

집의 얘기며 아이들의 얘기는 의식적으로 이름을 밝혀서 썼다. 이왕이면 훗날의 비망록처럼 되어졌으면 하는 나의 공리적인 생각에서였고, 내 아이들이 크면 엄마의 글을 이런 형식으로 읽히고 싶은 마음에서이다.

책을 내야 하는데 돈이 얼마나 들까 우선 그것이 궁금하여 몇 군데 알아보았다.

그런데 의외에도 내가 갖고 있는 돈 정도면 될 것 같아서 한층 용기와 속도를 내었다.

대강 50만원(내역: 용지대, 조판비, 인쇄비, 제본비, 기타)이면 멋진 책이 된다는 계산이었으므로—.

앞으로 내가 여러 번 책을 내면 더러는 누군가 나의 책을 내줄 때가 있겠지 하는 막연한 기대가 지금의 나를 얼마나 기쁘게 하는지 모른다.

목표를 갖고 몇 달을 살았기 때문인지 그렇게 피곤한데도 잠 잘 오고 아프지 않게 지냈다.

이런 일이 앞으로 내가 글을 쓰고 싶은 생각에 많은 안심을 준다.

어제 오늘, 밖에는 낙엽이 지고 비가 내렸다. 벌써 크리스마스가 다가오는 기분으로 조금은 초조하다. 처음부터 나의 계획은 70년도 크리스마스까지는 어떤 일이 있어도 이 책을 끝내야겠다고 생각했기 때문이다.

〈후기 후보기〉를 쓰면서 그때까지 가제로 써 보았던 책 이름 ≪산귀래≫ 이외에 별로 다른 좋은 것이 떠오르지 않아서 그대로 책 표제로 결정하고 그 붉은 열매를 내 손으로 그리기로 하였다.

되도록 제자는 나를 아는 분이 써 주었으면 생각한다.

1970년 11월 25일 첫눈이 내리는 날에−.

첫 번째 수필집 ≪산귀래(山歸來)≫를 내면서 하고 싶은 이야기가 많아서 '후기'를 쓰고도, 또 '후기 후보기'란 이름으로 1. 2. 3을 더 썼다.

나이 마흔이 되어 뒤늦게 글을 쓰기 시작하는 사람의 변명이 그리도 많았다.

∽ 그 분위기에의 향수

● J 씨에게 드리는 글

종종 잠을 이루지 못하는 밤이 있습니다. 요즘 그런 밤이 좀 더 많아졌고, 어떤 날이면 뜬 눈으로 새벽을 맞는 날도 있습니다. 생각이 많아진 탓입니다.

생각이 많아진다는 것은 사람이 되어가는 징조라고 아버지께서 말씀하시던 것이 기억납니다. 어떤 의미에서 생각이 많아진다는 것은 불행이며 고민이라고 나는 생각하는 때도 있습니다.

눕자마자 잠들어버릴 수 있는 아이들처럼, 그저 누우면 잠이 오던 옛날의 나. 그것대로 오늘의 나보다 훨씬 좋은 사람일 수도 있었지 않았나? 사람이 되는 과정에 잠을 쫓아버리는 '생각'이 꼭 있어야 하는 것에 더러는 저항을 느끼기도 합니다.

나이가 들면서 특히 요즘은 밤의 경건함을 느끼게 됩니다. 기도의 의미라든지 신앙의 근거라든지 하는 그런 것을 생각하게 되었다는 말과 같은 의미로 들어주셔도 좋습니다.

그렇습니다. 내가 처음 '믿음'이라는 것과 관계있었던 것은, 그러니까 초등학교에 들어가기 전부터입니다. 그때 나는 친구들을 따라 동네 조그만 예배당으로 갔었습니다. 예배당 벽에 걸린 사진들이랑 풍금 소리ㅡ. 그때는 예배당에서 그림딱지를 한 장씩 주었습니다. 그것을 얻으려고 꽤 열심히 다녔습니다. 그런데 그 후 왜 가지 않게 되었는지 잘 알 수가 없습니다. 그러나 그 후부터 예배당의 종소리에 대하여 그것을 왜 울리는가 하는 것을 알게 되었으며, 그때의 일이 무언가 좋은 기억으로 아직도 남아 있습니다.

그 후 여학교 일학년 때 역시 친구가 좋아서 교회에 나갔습니다. 성탄절 날 밤 나는 무용을 하게 되었습니다. 내가 안무하고 의상도 내가 연구하고 음악도 내가 골랐습니다. 무용이 끝나자 모두들 잘 하였다고 나에게 칭찬을 해 주었습니다. 그때 나는 처음으로 내가 교인이 아니어서 미안하다는 것을 느꼈습니다. 말하자면 하느님을 믿지 않는 사람이 교회에서 제일 좋은 일에 참가하여 그 영광을 누리는 것 같은 미안함을 그때 느꼈던 것입니다. 그처럼 그곳의 분위기에는 진실 같은 것이 있었던 모양입니다.

마지막으로 대학 다닐 때 정동교회에 다닌 일이 있습니다. 그때 정동교회에는 영어 채플시간이 있었는데 지금도 있는지는 모르겠습니다. 미국인 목사가 설교를 한다고 해서 영어회화에 도움이 될까 하여 나간 것입니다. 그 분위기는 확실히 세속적인 것과는 달랐습니다. 특수한 나무 냄새와 악의 없는 (적어도 교회 안에서는) 인사와, 그리고 어떻게든 정리되어 가는 듯한 마음, 그런 분위기가 나에게는 비교적 밀착해 왔습니다. 그러나 역시 나는 공리적인 생각으로 그곳에 나갔을 뿐 믿음과는 관계가 없었습니다. 다만 미국인 목사가 기도를 드릴 때 나는 눈을 감고 그 멋있는 말에 도취도 했고 감격도 했으며 때로는 반성도 해보곤 했습니다.

아버지 말씀대로 생각하게 된다는 것은 사람이 되어가는 과정인지는 모르겠습니다마는 이런 따위의 일들을 밤이면 골똘히 생각하게 되는군요. 특히 J씨를 알게 된 이후, 단 한 번도 믿음에 관한 이야기를 나눈 일은 없었지만 믿음이 어떤 것이라는 것을 짐작하게 하여 주었습니다.

너무 많은 이야기를 한 것 같습니다. 생각을 하게 되면 자연히 말도 많아지는 것인지? 나는 이런 자학의 생각도 하는 버릇이 생겼습니다.

밤도 꽤 많이 깊어졌습니다. 오늘도 쉬이 잠들 것 같지 않군요. 언제 배워진 것인지 잠이 안 올 때면 외우곤 하는 주기도문이라도 외워야 할까 봅니다.

안녕히 주무세요.

~ 대춘부(待春賦)

낮닭 우는 소리에도 봄을 느낀다. 수양버들 가지가 탄력 있게 늘어지고 아이들 걸음걸이에 긴장이 풀려 있다.

이틀을 두고 내린 비…. 그 비는 정녕코 봄비임에 틀림이 없었다. 정원의 돌들을 덮고 있던 겨울 먼지…. 그 검은 먼지가 말끔히 씻기자 을씨년스럽던 겨울이 가버렸음을 깨닫는다.

언젠들 빗물에 젖은 돌들에 깊은 애정을 느끼지 않은 적이 있었겠는가만, 새삼 긴 겨울의 침묵을 벗겨 준 '이틀 비'에 감동한다.

물은 차나 그렇다고 겨울은 아니다. 겨울이 가졌던 매섭고 찬 매듭은 이미 풀리고 다만 그 구겨진 매듭 자리만 펴지지 않은 느낌일 뿐이다. 사철나무 잎새의 숨결도 겨울의 그것과는 다르다. 봄의 입김이 벌써 담 안으로 들어선 것이다.

성급하게 새순 돋는 봄이 기다려진다. 어쩌면 봄은 가슴을 설레게 하는 성급함에서 시작되는 것일까. 별로 기다려야 할 일이 없어진 연령인데도 경칩의 계절이란, 멍하니 잊은 것을 기억해 내고 싶어지는 까닭은 웬일일까? 지나간 봄 속에 무언가 많은 것을 묻어 버렸기 때문인지….

나의 평생의 가장 중요한 일들을 결정한 것이 모두 봄이었다.

누군가가 부르는 소리, 누군가가 깊은 꿈속으로 유인하는 손길, 누군가가 뚜렷한 이유 없이 나를 슬프게 한 행동….

봄이면 이런 많은 사연들이 마치 아지랑이처럼 그칠 줄 모르고 자꾸만 하늘로, 하늘로 향하여 올라가는 것 같은 어지러움을 느낀다.

돌이킬 수 없는 그 세월의 아름답고 슬픈 것들이 설혹 기다려지는 것은 아니라 하더라도 불현듯 머릿속을 스쳐 갈 때 나는 봄을 깨닫는다.

달래김치의 산뜻한 맛에도 봄은 있다. 달래 속에는 농축된 봄 향기가 있다. 어머니는 한 번도 꼬집어서 봄을 말하는 일이 없었다. 그러나 달래김치로써 식구들에게 봄을 맛보게 하였다. 그것도 지혜임에는 틀림이 없다.

초등학교 때 친구들이 둑으로 봄나물을 캐러 가는 것을 보았다. 그런데 나는 한 번도 그들과 같이 따라나서 보지 못하였다. 집에서 나를 보내 주지 않았다. 그러니까 나는 한 번도 봄을 찾아 나서지는 못하였던 것이다. 오늘의 내가 봄에 대해 유별난 감정을 품는 것은 이 때문일까?

비는 밤에도 멈추지 않았다. 오랫동안 듣지 못했던 빗소리라 그런지 공연히 근심스러운 생각도 든다. 버릇이란 어쩔 수 없이 이런 기쁜 소리에도 의심을 갖는 모양이다.

어둠 속에서 잉어가 물 위로 치솟았다 떨어지는 소리가 들린다. 깊은 겨울잠에서 저들 잉어들도 깨어난 모양이다. '철썩!' 하는 물소리로 그것들이 동면(冬眠)하면서도 자라준 것에 고마움을 느낀다.

방 속에서 콩나물처럼 자란 화초들을 보면 봄볕이 기다려진다. 이 화초들을 작년에 밖으로 내놓은 것이 언제였는지 통 생각이 나지 않아 일기장을 뒤적여 본다. 그러나 이 중요한 대목은 나의 일기장 속에 기록되어 있지 않았다. 정녕 나는 보다 중요한 일이 뭔지 모르고 산 것 같다.

아침 일찍 창문을 연다. 비인 줄만 알았는데 하얀 눈이다. 녹으며 쌓이는 것들…. 그러나 그 속에도 겨울은 없었다. 아무리 눈일지라도 봄의 숨결은 덮어 버리지 못하는 것임을 알겠다.

굶은 새를 위하여 곡식을 던져 줘야겠다는 생각을 아직도 실천에 옮겨 보지 못한 채 창문을 닫는다. 역시 나는 생활의 주제에 대하여 다시 생각해야겠다. 꼭, 새 때문만이 아니라 쫓기며 사는 일만이 나의 인생인 것처럼 된 생활에서, 보다 사람다운 곳에 눈을 돌려야 할 것이기 때문이다.

일요일은 한가롭게, 집에서 모시고 거느리고 하며 보내리라고 마음먹었으나 진정 느긋하게 지내게 되질 못한다. 놀 줄 아는 사람이 놀고, 쉴 줄 아는 사람이 쉰다는 말의 뜻을 알 것 같다. 차라리 겨울이면 체념이란 것이 있어 집 속에 묻혀 있을 수 있겠으나 봄은 그렇게 나를 가만히 있게 하지 않는다.

낯선 고양이가 나의 뜰 한가운데를 가로질러 담을 넘는다. 고양이의 얼룩 털에도 봄의 윤기가 보인다. 그는 이미 활동을 개시했나 보다. 한나절 저렇게 쏘다니는 것을 보면 봄이긴 봄인 모양이다.

뒤늦게 강아지가 쫓아가 짖어대기는 하지만 서로 꼭 잡아야 하고 쫓겨야만 한다는 긴장감은 없이 그저 일상생활로서의 싫은 의무를 치르는 느낌이다.

졸림도 오고 할 일도 생각나지 않는 오후…, 공연히 물 컵만 비운다.

정녕 봄은 오나 보다.

∽ 뜰이 보이는 창

나도 그 시인처럼, 남(南)으로 창(窓)을 내겠습니다. 크고 넓고 아름다운 창을….

그리하여 나의 작은 정원에 있는 풀과 나무와 바위를 보고 또 보고 하겠습니다. 주위분들은 결코 나의 초라한 뜰에 호감을 갖지 않겠지요.

깨어진 흙 분과 값싼 일년초들이 제 마음대로 널려져 있고 그 사이로 제대로 가꾸지 못한 잔디가 있는 뜰을 누군들 좋아하겠습니까만 이곳은 제법 우리 가정의 또 하나의 낙원이기도 합니다.

인간은 태어나면서 풀과 흙에 너무도 깊게 관계가 있었다는 것을 나는 언제나 이 작은 뜰 위에 앉으면 생각이 난답니다.

언젠가 비가 내리던 오후, 창을 통하여 나뭇잎 사이로 보는 나의 작은 뜰이 퍽이나 고전적이고 멋이 있었습니다. 이 방과, 창과, 저 뜰―, 이것만 가지고도 무엇인가 큰 작품이 될 것 같게도 느껴졌습니다. 좀 어두운 분위기도 좋았고 소리 없는 비의 동경(憧憬)도 좋았고, 또한 뜰의 전부가 보이지 않고 일부분만을 보여주는 창도 한량없이 좋았습니다. 밝은 창만이 좋았던 나에게 그 후부터 어둡고 작은 인색한 창도 좋다는 것을 깨닫게 되었습니다.

나는 언젠가는 작은 화실을 하나 가져보겠다는 꿈을 버리지 않고 있습니다. 북쪽으로 만들어진 음산한 광선이 좋아지기 시작한 몇 년 전부터의 생각입니다. 그러나 북창에는 뜰이 보이지 않는 것이 탈입니다. 기껏 가로수의 중턱부터 보이거나 변화가 많은 하늘밖에 볼 수가 없습니다. 아마 이때부터 나는 뜰이라는 것을 재발견했는지도 모릅니다.

뜰이 보이는 창―. 그래서 나는 꿈에서 현실로 돌아오곤 하는 것 같습니다. 가난하여도 그 뜰이 있기 때문에 나는 언제나 현실로 돌아오고, 땅에 붙은 생활을 다시 생각하게 되는 것인지도 모릅니다.

물론 나는 이 컴컴한 창과 작은 뜰로 만족하는 것은 아닙니다. 밝고 아름답고 넓은 창과, 잘 가꿔진 뜰을 가지고 싶습니다.

이제 곧 내 뜰에 작은 못도 팔 것이고 그 못에 연꽃도 띄우려고 합니다. 그리고 그곳까지 맨발로 밟고 걸어갈 수 있는 돌을 놓겠습니다. 어느 깊고 찬 시내에서 주워 온 흰 돌을 잔디밭에 갖다 놓는 것이 나의 소원입니다.

그 다음은 나의 친한 벗과 내가 좋아하는 분들을 이 뜰에 모시고 거꾸로 이 뜰에서 넓고 밝은 창을 구경시킬 생각입니다.

당분간 나는 이 생각만으로도 행복해질 것 같습니다.

갖고 싶던 돌이 마침 생겨서 창과 어울리게 작은 정원을 꾸몄습니다. 연못도 곧 팔 것입니다. 모든 것을 한꺼번에 다 해치우면 쓸쓸할 것 같아 하나씩 하나씩 할 생각입니다. 잔디밭과 같은 높이의 연못을 생각합니다. 기껏해야 나의 창 크기만큼이나 되겠죠.

나는 그 연못 속을 들여다볼 때마다 분명, 나의 창을 들여다보는 그런 인상이 될 것 같은 기분입니다. 조용한 물속에 푸른 하늘이 담겨 있고, 또 그곳엔 흰 구름들이 떠 있게 될 테지요. 그러면 나는 이 못가에서 조금은 더 행복해질 것입니다.

고여 있는 물이니까 이 물은 퍼서 꽃에 주고 그리고 또 새로운 물을 담아 둘 생각도 합니다. 좀 더 낭만을 생각한다면 이 못에 새들이 와서 물을 마셔도 좋고 마른 나뭇잎이 떨어져도 좋을 것 같습니다.

어떻든 나의 뜰에 또 하나의 창을 심는다는 것을 생각하면 공연히 좋아만 집니다.

∾ 한밤의 기도

달을 찾아도 하늘엔 달이 없다.

'오늘은 달 없는 날인가 보다.'

다음날 또 찾는다. 병상의 밤은 지겹게 길고 어둡기만 하다. 창 밖으로 뵈는 허공… 어디까지가 하늘이고 어디까지가 그 중턱인가 알 길이 없는 캄캄한 밤, 무엇인가를 찾으려 하는 마음으로 아픔을 잊으려 한다.

창밖은 방 속보다는 밝다. 하늘 저쪽을 지나가는 태양광선 때문일 테지-.

나는 밝은 날의 저녁노을을 생각해 낸다. 너울너울 서산 너머 밝은 곳을 찾아 날아가던 까마귀처럼 꿈 많던 시절을 회상한다.

"누구에게나 다 있었던 일이겠으나 내게만은 특별했습니다. 모두들 경험했을 테지만 나의 경험처럼 놀라울 수가 없을 테지요. 당신도 물론 사랑을 하였을 테지만 나의 사랑처럼 그렇게 강렬할 수 없었을 겁니다. …"

곧잘 이런 일기와 편지를 쓰던 그때, 나만은 다른 사람과 달라야 하고, 나의 인생만은 특별한 것이어야 한다는 것을 믿었던 나. 저녁노을의 붉은 빛에만 보낸 나의 어려서의 메시지가 그 얼마였던지 아무도 알지 못한 대로 나는 그것을 그대로 간직하고 있는 것만을 오래도록 자랑스럽게 생각했었다.

그런데 이것이 뭐람. 다른 사람들과 조금도 다를 바 없는, 그런 아픔으로 밤을 절망 속에서 신음하는 추한 모습. 음력 초사흘, 구름이 벗겨져도 달이 캄캄한 밤에 찬란하고 뜨거웠던 태양을 찾고 있으니….

정말이지 비라도 왔으면 좋겠다. 서울거리가 물에 잠겨도 좋으니 이 한밤 억수같은 비가 퍼부어 준다면 덜 괴로울 것 같다. 그러나 이런 소원마저도 끈질기게 할 수 없는 힘겨움—.

잠시 죽음을 생각한다. 만일 이대로 아픔을 정지시켜 준다는 보장만 있다면 서슴지 않고 죽음의 자리로 옮겨 앉아도 괜찮을 것 같다.

삶과 죽음은 그 누구의 표현처럼, 그저 이 방에서 저 방으로 옮겨가는 정도의 일임을 깨닫는다. 외로움이나 슬픔이 없이, 저쪽 방에 진정 안식이 있다면 이 자리를 훨훨 떨치고 가보고 싶은 심정이다.

나의 신(神)을 따로 가지고 있지 못한 나는 내 어머니의 신에게 기도를 드린다.

"당신은 내 어머니의 신이십니다. 나는 일찍부터 그것을 알고 있었습니다만 모르는 체하고 있었습니다. 그것은 굳이 내가 기도를 드릴 필요가 없기 때문이라 말하겠습니다. 나는 당신이 언제나 우리 어머니 곁에 계실 것을 알고 있기 때문에 나의 신을 가진다는 것도 원치 않고 있었습니다. 나는 지금 그것을 뉘우치고 있습니다.

당신이여! 어머니에게 물어보아도 아실 테지만 오래 전부터 심한 아픔을 겪고 있습니다. 당신께 나의 아픔을 고쳐 달라고는 하지 않습니다. 감히 그런 은혜를 저에게 주리라고는 믿지 않기 때문입니다. 그러나 바라옵는 것은 침침하고 무거운 밤을 빨리 거둬주십시오. 건강한 사람이나, 병약한 사람을 위해서 당신께서 뜻대로 하시는 이 밤이 너무 길고 지루하다는 것을 아셔달라는 것입니다. 그리고 저를 위해 우리 어머님이 당신께 드리는 기도를 들어 주십시오. 때로는 나의 아픔보다 어머니의 그 기도가 더 나를 괴롭힌다는 것을 아십시오. 이 밤을 거둬 주십시오."

신의 밤은 닭의 울음소리 한 번 없이 걷히기 시작하면서 창의 윤곽이 서서히 나타날 때 나는 초조함을 느낀다. 밤을 빼앗긴 사람들만이 알고 있는―.

참새 울음소리가 들려온다. 아! 이 순간! 나를 덮고 있던 무거운 밤이 걷히는 것을 느낀다. 나는 빠져 들어가는 진흙 속에서 헤어날 수 있는 소리임을 깨닫는다.

문을 노크하는 소리가 들린다. 어머니다. 어머니가 달인 약을 가져오신 것이다. 나의 손이 떨리고 있음을 안다. 그러나 거기에서 죽음을 이긴 강인함을 찾는다.

유언이나 죽음을 생각한 일은 부끄러운 일이다. 모든 이의 평화를 위해 끝까지 참지 못한 일이 그저 부끄러울 뿐이다.

땡, 땡, 땡, 때―ㅇ.

시계가 네 시를 알린다.

∾ 늦가을 비

한 곳을 응시하며 담배를 깊이 빨아 넘기는 신사를 보면서 나는 찻집에 앉아 있었습니다.

나도 그 신사처럼 차를 음미하면서 마셨습니다. 때로는 여자에게도 남자에 못지않은 생각이 있는 법입니다.

그날 오후는 비가 와서 따스한 난로가 그리워 줄곧 그곳에만 앉아 K여사를 기다리는 참이었어요. 그녀가 온다는 시간이 많이 지났으나 나는 그대로 기다리고 있었습니다.

축축이 젖은 코트도 대강 말라가고, 오래간만에 나도 나의 시간을 갖는 것 같았습니다. 이대로 만날 사람이 오지 않는다 해도 나는 별로 탓하고 싶지 않게 마음이 마냥 편한 채로 앉아 있었습니다. 사실 밀린 일들을 깨끗이 청산한 후였고 다른 약속도 없었기 때문이었습니다.

이런 때면 핸드백 속을 뒤지는 버릇도 나에겐 있습니다. 백 속에는 어제 받은 노르웨이에서의 편지가 있었습니다.

지난 봄, 그곳에 갔을 때 우연히 공원에서 만나 사진을 찍어 받은 한 노신사로부터의 편지입니다. 그리도 조용한 음성으로 공원 안의 석상(石像)들을 설명해 주며 친절히 안내까지 해준 분이었습니다. 유난히 많이 붙은 우표에서부터 겉봉의 글씨까지-, 다시 한 번 음미하면서 내용을 읽어봅니다.

그렇게 잘 써진 글씨는 아닙니다.

다정한 친구 경에게!

약속했던 사진들을 보내드립니다. 이렇게 시간이 오래 걸렸군요.

오늘은 겨울채비를 위해 바다에서 보트를 거둬들였습니다. 요 며칠은 눈과 찬바람 때문에 별로 즐거운 일이 없었습니다. 이제 동면(冬眠)이나 해야 할까 봅니다. 당신 같은 사람이 이곳에 와서 나의 시간에 함께 해주지 않는 한 나는 곰모양 그런 일이나 하는 거죠.

돌아가셔서 좋은 글이나 쓰셨는지요? 혹 책이라도 내셨다면 한 권 받아보고 싶군요. 이다음에 또 노르웨이에 오시면 꼭 연락해 주십시오. 무엇을 볼 것인가 우리 함께 생각해 보기로 하죠.

손이 점점 얼어 와서 이 편지를 더 이상 쓸 수 없군요. 글씨가 엉망이 되었습니다. 그러나 대체의 뜻은 알 수 있으리라 믿습니다.

이제 고만 쓰겠습니다. 몸 건강하시기를. 꼭 한 번 노르웨이를 다시 찾아 주십시오.

당신의 노르웨이 친구 쟝 랄센으로부터

여행이란 인생에게 정말 많은 것을 가져다 줍니다. 설령 그것이 큰 목적이 있는 것이 아니었다고 하더라도 말입니다.

짧은 편지였으나 나는 그 편지로 해서 지난 여행의 일들을 생각하였습니다. 나는 다시 그분께 쓸 회신을 생각하였습니다.

… 광화문이라면 당신이 모르시겠지요. 우리나라 정부청사인 중앙청을 마주 보는 제일 큰 거리랍니다. 지금 그곳의 그린벨트에는 은행나무의 노랑 잎새가 깔려서 아름답기 그지없습니다. 나는 낙엽을 보면 이상하게 먼 곳을 생각하는 버릇이 있습니다. …

대개 이 정도의 편지 서두를 생각하고 또 차를 마셨습니다.

편지를 쓸 곳이 있다는 것은 때로는 나를 행복하게 합니다. 나는 아직 나의 연륜에 맞지 않게 많은 것을 한꺼번에 생각하고 그것을 감당하지 못하여 지쳐버리는 철없는 데가 있는 것을 압니다. 그러나 다른 사람에게 피해를 주는 일이 아니니까 크게 말을 들을 일은 없습니다.

비가 오고 추워서인지 K여사가 오는 시간이 늦어지는 것 같습니다. 허긴 나도 그렇지만 여자란 그런 거지 뭐. 무슨 구실만 있으면 그렇게 되는 것이 아닙니까? 나도 전에 번번이 그녀와의 약속을 차 때문에 늦었다고 변명했으니까 말입니다.

앞에 앉아있던 긴 호흡의 신사도 가버렸습니다. 대체 왜 그는 그토록 깊이 담배를 빨아 넘겼을까, 잠시 생각하여 봅니다만 금세 또 다시 오지 않는 K여사의 일을 생각하였습니다.

핸드백 속에는 또 다른 생각거리도 있었습니다.

한나절 찻집의 그 난롯가는 따스하였습니다.

∽ 연못

연못의 물이 아무래도 맑아지지가 않는다. 어머니께선 매일 아침 진흙 빛으로 흐려진 연못을 들여다보시며 그 속에 넣은 금붕어를 꺼내자고 하시지만 나는 며칠만 기다리면 흐린 물이 맑아질 테니까 그대로 두자고 우겨 온 것인데 벌써 한 달이 지나도록 연못 물은 빨간 채로 있다. 어머니가 연못의 물로 그토록 성화를 하시는 이유는 수련(睡蓮) 잎사귀가 진흙물 때문에 덜 파래 보일 뿐 아니라 물이 맑으면 밑에서 올라오는 꽃순을 볼 수 있다는 것이다. 결코 틀린 말씀은 아니라는 생각이다.

그러나 흐린 물 대로 금붕어가 연잎 사이로 헤엄쳐 다니는 것을 저버릴 수 없는 심정이어서 그 말에 순종 않고 있다.

작년 봄, 마당 한구석에 연못을 만들었다. 연못이래야 겨우 '티 테이블'만 한 크기. 나의 집을 다녀간 일이 있는 J씨가 살풍경한 마당을 보고 "마당에 연못을 만드세요. 그러면 내가 수련 한 뿌리 드리죠." 해서 만든 연못이다.

처음에는 이 작은 마당에 어떻게 연못을 만들 것인가 하였는데, J씨는 "요만만 해도 되잖아요? 그런 데서도 연(蓮)은 실컷 자랍니다." 하고 티 테이블만큼의 네모꼴을 손으로 그리기에 정말 고만한 크기의 연못을 만든 것이다.

붉은 오지벽돌로 둘레를 쌓고, 크기는 꼭 펌프 가의 수조(水槽) 같은 네모난 연못을 만들었다.

약속대로 J씨는 수련 한 뿌리를 보내 주었고, 그리고 나는 그곳에 금붕어를 사다 넣었다. 비록 작은 연못이긴 하지만 연못의 표정은 여간 다양하지 않았다.

아침과 저녁의 느낌이 그때마다 다르고 계절의 인상이 또한 달라졌다. 특히 그 연못 주변의 것들에 의해 흐뭇한 양상을 띠게 되었다.

이렇듯, 나는 연못을 만들면서부터 아침에 눈만 뜨면 마당으로 그 작은 연못을 위해 나가게 되었다. 마치 연못을 위해 아침을 맞는 것처럼….

연잎의 순이 물속에서 뻗어 올라오고, 동그란 잎사귀가 물 위에 하나 둘 늘어가고….

이런 당연한 변화가 마치 나한테만 주어진 기쁨인 양 마냥 행복
하였다.

아침마다 먹이를 얻어먹은 습성 때문인지 금붕어들은 연잎을
닦아 주느라고 손을 물속에 넣으면 몰려와서 벌린 입으로 손가락
을 툭툭 건드리곤 한다.

연잎은 계속 뻗어 올라와서 마침내는 자그만 수면 위를 꽉 덮고
말았다. 욕심은 거기에서 멈추질 않았다. 나는 그 연못에 꽃이 펴
서 덮어 주기를 기다렸다.

그러나 첫해에는 그렇게 연잎만 세어 보는 것으로 끝났다.

겨우내 항아리 속에 넣어 집 안에 보관했던 연뿌리를 4월이 되
자 다시 연못에 심었다. 연잎은 작년의 두 배만한 크기로 물 위에
떴다. 그러자 꽃봉오리가 물 위로 올라오더니 다음날 아침엔 진분
홍빛 연꽃이 피었다.

식구들은 그 작은 연못에 모여 함성을 올리며 좋아했다. 우리
집의 길조(吉兆)이기나 한 것처럼 그날은 하루 종일 들뜬 마음으
로 지냈다. 어려서 안방 다락문에 그려진 연꽃 그림을 신기한 느낌
으로 보았는데 그런 연꽃이 이제 우리 집 마당 연못에 핀 것이다.

그런데 그날 저녁 집에 와 보니 꽃은 벌써 오므라져 있었다. 얼
마나 실망하였는지!

연못을 들여다보고 서있는 나에게 어머니는 말하셨다.

"노래에도 있지 않더냐? 연꽃이 피었네, 연꽃이 피었네. 피었다고 하였더니 볼 동안에 옴쳤네, 라고…."

어머니가 젊었을 때 부르셨다는 그 노래 가사를 들려주시며 연꽃이란 그렇게 쉬이 오므라지는 거라 하셨다.

그런데 다음날 아침에 그 연꽃 봉오리는 새로 핀 것처럼 다시 피어 있지 않은가. 나는 또 한 번 놀랐다.

낮에 J씨를 만나 그런 이야기를 하였더니 연꽃이 잠을 자는 거라 한다. 그래서 이름이 수련(睡蓮)이 아니냐는 것. 별로 뜻을 생각지 않고 불렀던 수련이란 이름이 얘길 듣고 보니 어찌나 사랑스럽게 느껴지는지….

그날 저녁 나는 잠자는 연꽃을 오래도록 들여다보았다. 처음으로 꽃의 잠을 지켜본 것이다.

연꽃은 계속적으로 피었다. 하나가 시들면 이어서 새로운 봉오리가 올라오고 그리고 더 이상 피지 못할 때 또 새것이 올라와서 꽃 피곤 했다.

어느 날 이 연못에 놀랍게도 조그만 청개구리 새끼 한 마리가 나타나 연잎 위에 앉아 있었다. 이것도 연못이라고 풀 냄새 물 냄새를 맡고 찾아온 청개구리 새끼의 천진성에 절로 웃음이 났다.

하여간 생각지도 않았던 이 자연의 손님에 또 한바탕 집안 식구들은 떠들썩하였다. 자그만 연못과 연꽃이 이토록 우리 생활을 즐겁게 해 주리라는 생각은 옛날에 미처 기대해 보지 못했던 일. 마치 장롱 밑에서 나타난 없어졌던 트럼프 장을 만난 기분… 여분의 기쁨이어서 더욱 즐거운 걸까.

인간의 욕심은 한이 없는 것인지….

나는 티 테이블 크기의 연못으로 만족할 수가 없었다. 그래서 금년 여름, 한창 연꽃이 피는 연못을 헐고 그 두 배의 크기로 확장했다. 깊이도 훨씬 더 파고 연뿌리가 잘 자라도록 진흙도 듬뿍 넣고, 그리고 금붕어도 더 많이 사다 넣었다.

넓어진 연못에 연잎도 가득! 연꽃도 가득! 그리고 금붕어의 대행진(大行進)도 생각하며….

그랬더니 연못의 물이 빨개진 것이다. 그리고 나의 희망과는 달리 수련 잎새는 도로 작아지고 말았다. 공연히 뿌리를 건드렸구나 하는 후회가 나에게 작은 고민으로 번졌다. 물론 내년에는 다시 괜찮아질 거라고 생각하지만….

연못을 고친 지 한 달이 넘었다.

매일 아침, 마당에 나가 연못을 들여다보지만 사과 알만한 연잎이 두어 개 엉성하게 떠 있을 뿐 역시 기쁨은 기다려서 오는 건

아닌 모양인지?

그렇지만, 이런 일이 없었으면 연못에 대한 관심이 더 이상 지속되지 않았을지도 모를 일. 다 내일을 위하고, 더 좋고 기쁜 일을 위해, 만들고 저지르고 하는 것이 인생사가 아닌지?

금년은 이대로 참아야지….

그러나 나보다도 더 연꽃에 관심을 가지고 아침마다 연잎 하나하나를 물로 닦아 주곤 하시는 어머께서 전과 달라진 연잎 크기에 실망하시는 것이 나에겐 더 안타깝다.

어머니 말씀대로 이제 연못 속의 금붕어를 꺼내야 할까 보다.

∽ 엄마의 답변

며칠 전 '스승의 날'에 딸들이 다니는 학교에 갔다. 보통 때는 통 찾아가지 못했기에 이런 날을 택한 것이다. 6학년짜리 큰딸 담임 선생님이 캐비닛 속에서 편지봉투 하나를 꺼내어 나에게 주셨다.

"승온이 어머니께 보여 드릴 것이 있습니다. 읽어 보시면 참고

가 되실 것 같아서 보관해 두었습니다."

봉투에는 승온이의 작문이 있었다. 〈우리 어머니〉란 제목의 작문이었다. (속죄하는 마음에서 원문 그대로 여기 적는다.)

… 나는 어머니의 품에서 자라지 않고 할머니께서 길러 주셨다. 또 우유를 먹고 자랐다. 요새도 어머니께서는 늦게 들어오신다. 사회 일이 굉장히 바쁘다고 하신다. 학부모회 날 못 오시는 적이 많다. 그럴 때마다 나는 조용히 생각해 본다. 우리 어머니는 사회에 나가시면 이경희 여사라면 별로 모르는 사람이 없을 정도이다. 그러나 나는 그런 것이 자랑스럽게 여겨지지는 않는다. 시험을 보고 엄마를 보여 드린다. 나는 시험 못 봤다고 맞은 적은 두 번밖에 없다. 한번은 3학년 때 76점을 받아 맞았고, 또 한 번은 6학년 때 56점을 받아 혼났다. 잘 보았으면 꼭 껴안아 주시고 앞으로 더 잘하라고 하신다. 또 일요일이면 꼭 우리를 데리고 놀러나간다. 몸이 약하셔서 놀러 나갔다 들어오시면 언제든지 허리가 아프셔서 누우신다. 월요일이 되면 또 출근하신다. 이렇게 해서 일주일이 지난다. 이러면서도 엄마는 운전도 배우시고 그림도 배우신다. 또 원고 쓰시느라고 주무시지도 못하실 때가 많다. '주간여성' 같은 데 보면 엄마의 얼굴이 실릴 때가 많다. 어제 저녁에 사 오신 '주간여성'을 보다가 엄마의 얼굴이 나온 것을 보았다. 그러나 나는 우리 엄마가 사회에서 일하는 것보

다 집에서 우리들을 돌봐주고 밥도 짓고 빨래도 하면서 사는 것이
훨씬 좋다.

나는 가슴이 찡하고 아팠다. 죄의식 같은 것 때문이다. 그러나
나도 변명할 말이 있었다.

"승온아 네 말이 정말 옳다. 엄마가 항상 느끼고 있고 미안하게
생각한 일이기 때문에 더욱 엄마의 가슴은 아프다. 네 작문 같은
말은, 아빠도 아내인 엄마에게 하고 싶은 말일 것이라는 걸 나도
알고 있다. 하지만 승온아, 엄마는 집에 도움이 된다고 생각되는
일을 하고 있으니까 말이다. 승온이는 아직 나이 어리니까 엄마의
더 깊은 생각을 알 수 없을 것이다. 그러나 하나의 사실은 엄마가
집 안에만 그대로 있었다면 모두에게 진정한 의미에서 이해도 동
정도 받지 못하고 또 도움도 되지 못할 잔소리만의 여자로 살아가
야 했을지 모른다. 말하자면 승온이 글 같은 것을 반대로 엄마도
아빠에게 할 수 있다고 생각지 않니?"

이렇게 답변한다고, 하고 싶은 마음의 표현이 다된 것은 아니지
만 엄마의 인생을 모르는 아이의 작문에는 더 신통한 답변이 생각
나지 않았다.

프랜더즈 들판의 젖소들과 긴 긴 강둑
– 벨기에 코트릭(Kortrijk)과 이이퍼(Ieper)에서

"저녁 6시 지나서 도착하는 기차로 오세요. 그래야 회사를 끝내고 마중 나갈 수 있으니까요."

대학에서 강의를 하다가 벨기에에 있는 회사로 직장을 옮긴 둘째 딸 승신이를 만나기 위해서 프랑스 리옹에서 일을 끝내고 코트릭에 도착했다.

코트릭은 벨기에 북쪽에 있는 조그마한 도시이다.

승신이가 사는 아파트는 기차역에서 멀지 않은 곳에 있었다. 거실엔 하얀 소파와 식탁을 겸한 큰 테이블, 책이 가득 꽂혀있는 책장, 그리고 침실이 두 개나 있는 여유 있는 아파트였다.

"혼자 사는데 이렇게 큰 집을…" 했더니 코트릭은 시골이라 집세가 싸고 가구가 갖춰져 있는 집을 찾으려니까 크기를 따질 수가 없었다는 대답이다. 벽에는 그림도 걸려 있었다.

"스테이크가 요리하기 제일 간단해요. 굽기만 하면 되니까요."

저녁식탁에는 소고기 스테이크와 감자요리, 야채샐러드 그리고 포도주 병이 놓여있었다. 말이 없고 얌전한 줄만 알았던 서울에서의 승신이와는 전혀 다른 모습이 엄마에게는 대견해 보였다.

승신이 회사가 있는 이이퍼는 코트릭에서 30km나 떨어진 프랑스 국경 가까이에 있는 아주 작은 도시였다. 벨기에 정부가 관심을 갖고 있는, 언어의 첨단기술 프로그램을 개발하는 회사라는데 왜 그런 작은 도시에 있느냐고 물었더니, 미국의 실리콘 밸리같이 이 회사에서는 언어만을 다루는 랭귀지 밸리(Language Valley)를 짓고 있다는 것.

"차가 없어서 처음에는 회사 다니는 일이 얼마나 힘이 들었는지 몰라요. 새벽 5시 반에 집을 나와서 기차를 타고 이이퍼역에 내려서, 작은 도시라 택시도 얼마 없고 요금도 비싸서 회사까지 걸어서 가는데, 둑 위를 한 시간쯤 걷다보면 그제야 동이 터요."

승신이는 그런 고생스러웠던 일을 소설 읽듯 아무렇지 않게 들려준다.

"코트릭에 사는 회사청년이 카풀을 해줘서 그 청년의 차로 기름 값을 나눠서 내고 같이 다녀서 편하긴 했는데 그애가 얼마나 어리벙벙한지 내가 골탕을 많이 먹었어요. 아침에 늦잠 잤다고 늦게 오질 않나, 잊어버리고 온 것이 있어서 도로 집으로 가지러 가질 않나, 그러다가 어느 날인가는 회사에서 퇴근할 때 일이 끝나지 않았다고 해서 끝날 때까지 기다렸는데, 글쎄 일이 끝난 후에 혼자서 그냥 가버린 거예요. 나에게 기다려 달라고 한 것을 잊어버린 거죠. 나는 그애가 가버린 것도 모르고 마냥 기다리고 있었지 뭐예요. 너무 늦어서 기차도 없었어요. 마침 다른 도시로 돌아서 코트릭으로 가는 막차가 있어서 그걸 타고 밤 12시가 넘어서 집에 왔어요. 그런데 다음 날 그 얘기를 했더니 자기가 잊어버렸던 일을 그때까지도 모르고 있지 않겠어요."

"뭐, 그런 녀석이 다 있니?"

그 얘기를 들으니까 나까지 화가 났다. 그렇지만 참 착하고 순하고, 승신이 일을 말없이 제일 많이 도와주는 청년이라고 한다. 이 이야기를 언니가 듣더니, "승신이가 어리벙벙해서 툭하면 물건을 잘 잊어버리고 다니고, 초등학교 때는 신발도 짝짝이로 신고 갔다며, 승신이보다 더 어리벙벙한 청년한테 당했구나." 해서 한바탕 웃었다.

이이퍼로 가는 길 양 옆은 넓은 들판이 펼쳐져 있을 뿐 멀리 젖소들이 풀을 뜯고 있는 것만이 눈에 들어왔다.

"아침저녁으로 저 소들을 보면 반가운 생각이 들어요. '어젯밤 잘 잤니?' '풀 많이 먹고 젖 많이 내거라.' 혼잣말로 이렇게 말하면서 운전을 해요. 이 들판에서 볼 수 있는 것은 젖소들뿐이거든요. 날씨가 좋아야 하늘에 떠다니는 구름이라도 볼 수 있는데 이곳은 언제나 흐리고 충충해서 잿빛 하늘밖에 볼 수 없어요."

승신이는 운전하면서 계속 말을 한다.

"젖소들이 보이지 않을 때가 있어요. 집으로 들어가 버린 거죠. 그러면 겨울이 왔다는 것을 알아요. 그러다가 얼마 지나면 젖소들이 나와서 풀을 뜯고 있는 것이 보이죠. 그러면 또 아, 봄이 왔구나, 한답니다."

승신이가 다니고 있는 회사는 정말 넓은 들 한가운데 있었다. 그 애가 일주일에 한 번씩 서울로 보내는 팩스에 "적막강산예요. 바람이 심하게 불면 날아갈 것 같아요." 해서 '폭풍의 언덕'을 연상했더니 그렇지는 않았다.

이이퍼는 중세기 때는 섬유와 직물로 벨기에의 3대 공업도시의 하나였기 때문에 이곳 사람들은 이이퍼 시민이라는 것에 굉장한 프라이드를 갖고 있다는 것. 그런데 이이퍼는 제1차 세계대전 때 영국군 20만 명과 벨기에 군대까지 합해서 50만 명이 독일군에게 전멸을 당해 죽고, 도시도 완전히 폐허가 되어 전쟁 역사상 단위 면적으로 제일 많은 사상자를 낸 곳이라는 승신이의 설명이다. 이이퍼에서 코트릭으로 돌아올 때, 갈 때는 눈에 안 띄었던 전사들의 묘비군(墓碑群)들이 군데군데 눈에 들어왔다.

코트릭을 떠나는 마지막 날, 승신이는 강둑을 드라이브하자고 했다. 프랜더즈 지방은 강과 운하가 많아서 둑이 많단다. 시간이 있는 날이면 자전거를 타고 둑길을 달린다는 것.

"둑이 얼마나 긴지 가도 가도 끝이 없어요. 어디까지 이어지고 그 끝엔 무엇이 있는지 모르지만 그냥 페달만 열심히 밟고 있으면 기분이 아주 좋아져요. 해가 질 때까지 달려 본 적도 있어요. 운하에서 낚시하는 사람이 고기를 잡아 올리는 것을 보면 나도 기분이 좋아요. 혼자 나와서 책을 읽는 사람도 있죠."

나는 승신이의 '혼자'라는 단어가 유독 크게 귀에 들어왔다.

"승신아, 혼자 있어서 쓸쓸하지 않니?"

"쓸쓸할 사이가 없어요. 내가 하는 일이 회사에서 제일 비중이 있는 일이라 너무 바쁘게 지내거든요."

"어떤 일을 하는데?"

"말과 글을 호환시키는 일인데, 글을 말로, 또 한국어를 외국어로 동시에 호환시키는 일이에요. 엄마는 설명을 해도 이해하기 힘드실 거예요."

실제로 켰다, 껐다 하는 기계조작만 할 줄 아는 아날로그세대 사람에게는 승신이가 설명하는 사이버세계를 이해할 생각을 않는 것이 편하다.

그날 저녁 승신이와 나는 그곳 사람들이 즐겨먹는다는 홍합요리를 먹으러 갔다. 식당 안에는 중년부부 두 쌍과 젊은 남녀가 앉아있었다. 동양여자 둘이 들어가니까 한꺼번에 우리에게 시선이 왔다.

"코트릭에는 한국 사람이 나 혼자예요."

지금이 제철이라는 홍합요리를 앞에 두고 승신이와 나는 포도주로 건배를 했다.

마음속 깊이 '혼자'가 아닌 승신이의 모습을 그리면서ㅡ.

∽ 현이의 연극

두 시까지 오라는 현이의 말대로 부랴부랴 시민회관으로 갔다. 현이가 예술제에서 연극에 출연하기로 되었기 때문이다. 현이가 출연하는 연극 〈숲 속의 대장간〉은 제2부의 첫 순서에 있었다.

풀잎 역을 하게 되었다는 현이가, 그동안 매일 학교에서 늦게 오고, 휴일에도 학교에 나가 연습을 하곤 할 때에는 별로 관심이 없었는데, 막상 공연하는 날이 되니까 이상하게도 가슴이 두근거렸다. 마치 현이 혼자의 발표회나 되는 것처럼 흥분되어, 2부 순서를 기다리는 동안 무척 초조했다. 나는 현이의 모습을 상상해 봤다.

새벽부터 일어나서 "분장을 해야 하니까 일찍 가야 해요." 하며 부산을 떨던 현이의 상기된 얼굴이 떠오르면서, 혹 무대 위에서 실수라도 하지 않을까 걱정이 되었다. 초등학교 3학년인 현이는, 무대에 서 본 경험이 없기 때문에 아마 더욱 흥분해 있을지도 모른다.

마침내 제2부가 시작되는 종이 울리고, 이어 불이 꺼졌다. 막이 오르자, 캄캄한 무대가 나타났다. 무대 중간을 비추고 있는 조명 속에 선녀(仙女)가 서 있었다.

얼마 전에 현이가 모자 달린 푸른색의 옷을 가지고 와서 "선녀 옷은 참 예쁜데, 참새 옷도 예쁘고…" 하며 자기 옷이 덜 예쁜 것에 대해 서운한 빛을 보인 적이 있었는데, 그때 말한 선녀인 것 같았다.

얼마 후, 선녀는 없어지고 밝아진 무대 한가운데에 대장간이 생겼고, 그 뒤는 숲이 울창하였다. 나는 현이가 언제 나올 것인가 열심히 지켜봤다. 숲 속에서 참새와 까치 떼가 대장간 앞마당에 날아와서 놀고 춤추고 하는 장면이 나왔지만, 풀잎 역을 맡은 현이는 그때까지도 눈에 띄질 않았다. 나는 무대를 계속 지켜보며 현이의 모습을 기다렸다. 그러다가 문득, 아까부터 대장간의 배경을 이루고 있는 숲 속에서 합창 단원 모양의 대열을 짓고 쪼그리고 앉아 있는 것에 눈이 갔다. 나는 그것이 풀잎들인 것을 알아냈다.

'현이가 바로 저기, 저 많은 풀잎 중의 하나로 끼어 앉아 있는

거구나!'

순간, 지금까지 흥분해 있던 마음이 가시고, 실망되는 마음조차 터놓을 수 없는, 그런 야릇한 기분에 싸이고 말았다. 현이는 바로 그런 역을 맡고 있었다.

대장간 앞뜰에는 토끼도 나오고, 포수도 나오고, 동네 여인과 대장간집 주인도 나와 익살스런 대화를 주고받고, 그리고 때때로 참새 떼와 까치 떼가 이리저리 날아다니며 노래하고 춤추고 하는데, 풀잎들은 계속 줄지어 붙어 앉아서 양 손에 든 풀잎 그림판만 가끔 흔들 뿐이었다. 더군다나 양 손에 든 풀잎 그림판으로 얼굴을 노상 가리고 앉아 있기 때문에, 그 많은 풀잎 중에서 어느 애가 현이인지 가려낼 길이 없었다.

현이가 풀잎 역을 맡게 되었다고 했을 때, 저의 언니가 "너도 뭐라고 말하는 것 있니?" 하니까 "그러엄!" 하기에, 제대로 무대에서 연기도 하고, 대사도 말하고 하는 줄 알았던 것이다. 정확히 말을 한다면야, 풀잎들도 다 함께 입을 모아 무어라고 함성을 지르고 하니까, 아주 입을 다물고 있는 것은 아니긴 하였다.

조금 전만 해도 주위의 모든 관객들이 현이를 보러 온 것 같았는데, 그 사람들은 각자가 다 지금 한 가지씩을 연기하고 있는 아이의 가족들이고, 나만 그렇지 않은 것 같아 약간 서글픈 생각마저 들었다. 어쨌든 나는 무대 위에서 벌어지는 중요한 장면을 보는 대신, 다닥다닥 두 줄로 붙어 앉은 풀잎의 움직임만을 보았다. 그 속의 어떤 풀잎이 현이인가를 찾아야 했기 때문이다. 손에 든 그림판을 양 옆으로 흔들 때에만 살짝살짝 보이는 얼굴이라, 그 순간에 현이를 찾아내기란 쉬운 일이 아니었다. 이 풀잎도 현이 같고, 저 풀잎도 현이 같고…. 현이 같다는 생각을 하면 하나같이 현이라고 생각 안 되는 풀잎이 없었다.

사실 우리 집 애가 반드시 남의 눈에 띄는 중요한 역을 맡아야 한다든지, 조금이라도 나은 역을 해야 한다는 생각은 조금도 없었다. 다만 엄마는 자기 아이한테 제일 먼저 관심이 가게 되는 것이기 때문에, 현이가 눈에 띄지 않는 데에 실망하였을 뿐이다. 그러는 동안에 연극은 끝났다. 나는 현이를 찾으러 아래층으로 갔다. 얼굴에 빨갛고 꺼멓게 분장을 한 아이들 틈에서 한참 만에 현이를 찾았다. 물론 현이 쪽에서 먼저 엄마를 부른 것이다.

"엄마! 나 하는 것 보았어요?"

현이는 나를 보자마자 그것부터 물었다. 이럴 때 보았다고 해야 할지, 못 보았다고 해야 할지, 얼른 생각이 나지 않아 망설이면서, "응, 현이가 어느 쪽에 앉아 있었지?" 나는 대답 대신 이렇게 물었다. 혹시 못 보았다는 것을 알아채고 실망을 하는 게 아닌가 눈치를 살폈는데, 현이는 의외로 밝은 얼굴을 하며, "둘째 줄 끝 쪽에 앉아 있었어요." 하더니 "엄마, 그럼 나 못 보았지? 아유, 난 내

뒤에 있던 참새가 앞으로 나가면서 건드리는 바람에 모자가 벗겨져서, 그것을 엄마가 보았으면 어떻게 하나 하고 얼마나 걱정을 했는지 몰라. 금방 집어 썼는데, 엄마 못 봤지?" 이렇게 말하는 것이 아닌가? 나는 현이의 이 말에 또 한 번 마음속으로 놀랐다. 그리고 미안한 생각이 들었다. 비록 눈에 잘 안 띄는 풀잎 역을 하였지만, 현이는 풀잎으로서의 자기의 역할에 충실했으며, 엄마가 자기를 꼭 보아 주리라는 확신 때문에 더욱 열심히 연기를 하였고, 오히려 자기의 실수를 엄마가 보았을까 걱정을 했던 것이다.

결국 현이가 그러한 실수라도 하지 않았다면 엄마가 보지 못한 데 대하여 실망을 했을지도 모를 일이다.

나는, 분장을 해서 거의 얼굴을 알아볼 수 없는 현이에게 먹을 것을 조금 사 준 다음, 다음 순서를 보기 위해 자리로 돌아왔다.

∽ 막내와 일기

직업을 가졌다고 밖에서만 사는 엄마로서는 늘 미안한 생각이 있습니다. 그래서 저녁에 집에 돌아오면 아이들과 이야기를 나누는 시간으로 꽉 채웁니다.

그런데 네 딸의 엄마로서 그것도 쉬운 일은 아닙니다. 서로가 저마다 먼저, 그리고 시간을 많이 갖고 싶어 하기 때문입니다.

아이들은 엄마가 미처 옷도 갈아입기 전에 곁에 모여 그날 있었던 보고와 문제들을 의논합니다. 그러나 순서는 자연히 제일 다급한 큰애의 대학 문제부터 시작됩니다. 둘째 역시 고3이 되니까 할 얘기가 많고, 그 다음이 셋째…. 이런 순서로 시간이 할당됩니다. 그러다보면 언제나 엄마를 양보하게 되는 것은 막내입니다.

올해 초등학교 6학년이 된 막내는 자기 언니들에게 그렇게 하지 않으면 안 되는 것을 알고 있기 때문에 끼어들지 못하고 있습니다. 그것이 늘 불만이기도 합니다.

그래서 막내에게는 일기를 쓰게 합니다. 원체 엄마는 하나밖에 없으니까 순번이 그애한테 가기란 좀처럼 쉽지 않아서입니다.

막내는 열심히 일기를 씁니다. 엄마가 보고 사인해 주는 것이 기쁜 것입니다. 어떤 날은 엄마가 돌아오기 전에 막내는 잠이 듭니다. 일기장을 엄마 책상 위에 얌전히 펼쳐 놓고 자고 있습니다.

서로 이해하면서 이렇게 빡빡한 시간 속에 돌아가는 우리 집….

나는 여기서 긴장과 즐거움을 느낍니다. 다른 집인들 이와 다를 것이 없을 테지만, 나는 이것이 나만이 향유하는 행복이고 우리 딸들만이 가진 자랑이라고 생각합니다.

∽ 어쩌다가 네가 젤소미나가 되었니?

마리오네트, 즉 꼭두놀음의 실체를 우리나라 사람들에게 보여주기 위해서 꼭두놀음패 '어릿광대'를 창단하였다. '꼭두놀음'은 인형극의 순수한 우리말이다. 나는 첫 번째 작품으로 우리의 탈춤 〈양주별산대〉를 꼭두놀음으로 만들었다.

꼭두극 〈양주별산대〉는 한국 최초의 마리오네트 공연이었다. 소극장 공간(空間)에서 그 첫 막을 올린 이 새로운 형태의 공연무대는 관객들로부터 큰 호응을 받았다. 소극장 공간은 '사물놀이' 음악을 처음 탄생시킨 곳이기도 하다.

한국이 유니마 회원국이 된 후, 그 다음해에 있은 첫 번째 유니마총회가 1980년 워싱턴에서 열렸는데 그때 나는 다음 총회 개최지 선정을 할 때 동독의 드레스덴에 투표를 하였다. 바로 내 옆에 동독 대표가 앉아있었는데 그에게 바겐을 제안했다.

"내가 당신 나라에 투표를 할 테니 드레스덴이 결정되면 한국을 초청해 주시겠어요?"

동독대표 메서 박사(Dr. Mäser)는 한 표가 소중하니까 쉽게 "야!(Yah!)"라며 반겼다. 메서 박사는 영어를 못했다. 나는 독일어를 못했다. 그래도 우리는 언어가 필요 없이 눈웃음만 가지고도 충분했다. 그렇게 해서 맺어진 인연의 의리를 메서 박사는 성실하게 지켜줘서 한국에서 아홉 명이나 참석할 수 있도록 많은 인원의 비자를 세 번에 나누어 보내줬다.

1984년 동독 드레스덴에서 열린 세계꼭두극페스티벌(Dresden World Marionette Festival)에 〈양주별산대〉 꼭두극이 초청되어 나는 사물놀이패까지 이끌고 드레스덴 공연에 나섰다. 한국에서 처음으로 공산권 국가 무대에서 공연을 하게 된 것이다. 나의 도깨비짓은 본격적으로 국제무대까지 진출하기에 이르렀으니 그때부터 나의 모습은 물귀신에게 잡힌 꼴이 되어 자꾸 자꾸 깊은 물속으로 끌려들어가고 있었다. 한 번 물귀신에게 잡히면 깊은 물속 바닥까지 끌려들어가지 않으면 놓아주지 않는다지 않은가.

드레스덴페스티벌에 가기 위해서 김포공항에 집합한 우리 일행 중에는 나의 큰딸 승온이도 단원에 끼어있었다. 공항으로 배웅 나온 나의 남편이 공연 준비물을 넣은 큼직한 트렁크를 지키고 서있는 딸을 보고는 말했다.

"어쩌다가 네가 젤소미나가 되었니?"

일행들은 폭소를 터뜨렸다. 안소니 퀸이 주연으로 나오는 ≪길≫이라는 영화에서 거리의 차력사인 안소니 퀸을 따라다니며 나팔을 부는 바로 그 '젤소미나'에 비유한 것이다. 남편은 웃기기 위해서 한 말이지만 비용을 절약하기 위해서 딸까지 '어릿광대' 꼭두 극단의 패거리로 동원시킨 나의 마음은 씁쓸했다.

나의 어릿광대의 유랑은 끝이 없이 이어졌다. 1984년 동독 드레 스덴에서 열린 세계꼭두극페스티벌에 이어서, 1986년에는 유고슬라비아의 류브리아나(Liubliana) 청소년페스티벌에도 나의 '어 릿광대' 꼭두극단의 공연이 무대에 올랐다.

〈양주별산대〉 공연 시작 전에, 나는 무대 위에 제사상을 차려놓 고 관객들로 하여금 그 앞으로 올라와서 절을 하게 했다. 우리 패 거리가 먼저 시범으로 제사상 위에 돈을 놓고 큰절하는 것을 보여 주며 한 가지씩 기원을 가지고 절하면 소원이 이뤄진다고 말해줬 더니 관객들이 너도나도 줄을 서서 올라왔다. 유럽 관객들은 지갑 에서 1불짜리 지폐를 제사상에 올려놓으면서 큰절을 했다. 나는 그들이 우리의 민속무대에서 정중하게 큰절을 하는 모습을 보며 한국의 문화를 세계인에게 알리고 있다는 긍지에 마냥 흐뭇했다.

꼭두극의 창작무대공연은 우리의 역사가 짧아서 유럽에 뒤떨어 지고 있었으나 오랜 역사의 얼이 살아있는 전통의 무대 앞에서 무릎을 꿇고 큰절을 하게 만든 나의 '어릿광대' 행로는, 글을 쓰는 나의 작가 생활에서 잠시 외도를 하고 있었지만, 세계를 떠돈 나의 젊은 날의 삶의 흔적으로, 그 보람은 마음속에 크게 남아있다.

학림(學林)다방과 마리오네트 그리고 백자항아리

종로5가에서 미싱자수 학원을 하고 있을 때였다. 어느 날 춤 평론가인 조동화(趙東華) 선생이 찾아와서 "이경희 씨, 학림다방을 사세요." 설명도 없이 이렇게 말하는 게 아닌가. 조동화 선생은 나의 대학선배로 늘 나에게 좋은 말을 전해주곤 하는 분이었다.

"학림다방요?"

나는 학림다방을 알지 못했다.

"학림다방을 몰라요? 서울대학 문리대 건너편에 있는 다방인데 문리대생들의 제25강의실이라고 할 만큼 유명한 다방이에요."

사실 같은 서울대학이라도 내가 다녔던 약학대학은 을지로6가에 있었기에 동숭동에 있는 문리대에는 갈 일이 없었다. 서울대 전체 학생들이 문리대 운동장에서 졸업식을 하였을 때 처음으로 동숭동에 갔고, 그리고는 졸업 후에 문리대 옆을 흐르던 개천 길을 잡지사와의 인터뷰 때문에 비오는 날 걸었던 일밖에 없었다.

조동화 선생의 이야기인즉, 학림다방 건물 주인이 이민을 간다고 내놓은 모양이니 나보고 사라는 거였다. '내가 무슨 돈으로 그런 건물을 산담.' 참으로 황당한 이야기였다. 그런데 선배는 계속 나를 설득하는 거였다. "그 건물은 역사에 남을 명소가 될 거에요."

선배의 계속되는 이야기를 들으며 나는, 2층에 있는 '학림다방' 보다는 1층에 더 관심이 갔다. 1층에 인형극장을 만들면 좋겠다는 생각이 들었다. 유럽의 나라들을 돌아다니면서 마리오네트(인형극) 공연을 보았을 때 어찌나 그 공연이 환상적이고 유머러스하고 재미있던지 우리나라 어린이도 이런 공연을 보며 정서를 키우면 좋겠다는 생각을 했었기 때문에, 문화의 거리, 학림다방 건물 1층에 어린이들을 위한 마리오네트극장이 생기면 적격일 것 같았던 것이다. 그래서 결심을 했다. 노후에 전원주택을 지으려고 사놓은 땅을 팔면 되겠다고 생각했다.

그 당시, 지하철 4호선공사가 한참이어서 공사로 인해 피해 받은 건물에 대해 보상금을 받을 수 있어서 그것도 도움이 되었다. 마침내 나는 선배의 권유에 따라 학림다방의 주인이 되었고, 1층은 '마리오네트'(줄 인형극)라는 이름의 식당으로 세를 주었다. 그리고 2층 학림다방을 '커피숍'이라고 하겠다는 것을 '다방'이라고 그대로 사용하지 않으면 세를 주지 않겠다고 하는 나의 말뜻을 알아듣고, 한 젊은이가 '학림다방'이라는 간판을 달았다.

오늘날 동숭동의 '학림다방'이 그렇게 되어 명소로 유지되고 있다는 것에 나는 내심 흐뭇해하고 있다.

그때 심심치 않게 실렸던 학림다방에 대한 신문기사 몇 개를 여기에 적어본다.

〈동숭동의 사랑방, 「학림다실」 문 닫아〉 … 동숭동 캠퍼스시절에 대학촌의 사랑방노릇을 했던 학림다실이 26일 저녁, 문이 안으로 굳게 잠겼다. 허름한 2층 건물인 학림다실이 새 주인(본교 약대 졸)을 맞아 2층은 카페와 전시실로 바뀌고, 1층은 인형극장으로 탈바꿈하게 된다. 25일까지만 해도 삐걱거리는 나무계단을 올라가면 오래된 낡은 의자, 고물 피아노, 벽에 걸린 하이든의 초상, 고호의 자화상, 오래된 큰 스피커에서 흐르는 차이코프스키 피아노협주곡 1번 등, 구석구석에 꿈과 낭만이 조금씩은 흐르고 있었다. … 이제 옛 대학촌의 마지막 유물격인 학림다실마저 문을 닫게 되니 아쉬움을 금할 수 없다. (1982.5.31. 大學新聞社 姜秉喆 기자)

〈사라져가는 서울의 명물들, 낭만 넘치던 大學街 사랑방, 동숭동 학림다방〉 … 서울대 동숭동 캠퍼스가 75년 관악산으로 이전한 뒤 지난해 5월까지만 해도 학림다방은 대학촌의 상징처럼 남아 그리운 얼굴들을 맞았었다. 서울대생들은 물론 어느 대학의 배지를 달았어도 대학생이라면 한 번쯤은 들러야 했던 순례지나 다름없었다. 학림을 거쳐 간 당시의 대학생들은 이젠 사회의 중견이 됐다. 김승옥, 박태순, 김지하, … 늘 충만한 삶은 살았던 귀재 田惠麟이 자신의 생애를 끝내기 하루 전 눈 오는 토요일에 가까웠던 친구들을 만나기 위해 찾았던 곳도 바로 이 학림이었다. …
(1983. 7. 28. 경향신문 許英燮 기자)

〈그때 그 자리, 학림다방, 옛 서울대 제25강의실〉 … 서울대생
이라면 누구나 학교 앞에 있던 '학림다방'에 대한 추억을 간직하
고 있다. 문리대축제인 '學林祭'가 이 다방의 이름을 따올 정도였
으니 학림다방이 서울대인들에게 차지했던 비중을 가늠해볼 수
있다.… (1992.1.24. 한국일보 洪憙坤 기자)

나의 꿈이었던 마리오네트 극장을 만들지는 못하였지만 나에겐
학림건물에 대한 추억이 따로 있다. 2층인 학림다방 건물을 3층으
로 증축한 후, 그곳에서 1988년 올림픽 해와, 2년 후인 1990년
두 번씩이나 서울국제마리오네트축제를 개최했다. 폴란드, 헝가
리, 유고슬라비아, 리투아니아를 비롯한 공산국가들이 참가한, 우
리나라에서 처음으로 열린 마리오네트 축제였다. 그 일을 해냈다
는 것이 나에겐 문화훈장이라도 받을 만큼 가치 있는 일이었다는
긍지와 함께 큰 추억으로 남아있다.

또 한 가지 밝히고 싶은 이야기가 있다. 건축가인 고(故) 김수근
(金壽根) 씨가 죽음을 앞둔 병실에서 문병을 간 나에게, 학림다방
입구에 네모 조형물을 세워 그곳에 백자항아리를 넣어 지나가는

사람들을 보게 하라고 스케치 한 장을 그려주었다. 내가 스케치를 보고, 백자항아리를 사람들이 가져가면 어떻게 하라고 그런 것을 길가에다 만들어 놓게 하느냐고 하니까, "왜 도둑맞을 생각부터 해요? 거리를 아름답게 하면 사람들 마음도 아름다워집니다. 그리고 가져가면 또 새로 갖다 넣으면 되지 않아요? 내 집 앞을 위해 그 정도는 투자해야지요." 나는 김수근 씨가 그려준 스케치 대로 농록색(濃綠色) 아크릴 조형물 위에 유리장을 만들어 백자항아리를 사다 넣었다. 과연 지나가는 사람들은 조형물 앞에 서서 둥근 백자항아리를 들여다보며 미소를 지으며 지나가곤 하였다.

그 일은 생각보다 꽤 오랫동안 지속되었다. 한 5개월 가까이 되었을까, 그러다가 어느 날 아침 백자항아리는 보이지 않았다. 그런데 이상하게도 나는 네모 유리장 안의 백자항아리가 사라졌는데도 조금도 아깝지가 않았다. 얼마 동안이라도 지나가는 사람들을 미소 짓게 했다는 것이 나의 마음을 흐뭇하게 했기 때문이다.

발길을 멈추고, 학림다방 앞에서 미소를 짓고 간 사람들의 모습을 사진으로 찍어놓지 않았던 것이 아쉽다.

그때는, CCTV가 없었는지?

∽ 새신랑과 보낸 마지막 생일

그이는 벌써 거실에 나와 기다리고 있었다. 오래간만에 검은색 양복을 말쑥하게 입고 앉아있는 그는 엊그제 병원에서 퇴원한 환자로 보이지 않았다.

"당신, 새신랑 같네요."

나는 일부러 보기 좋다는 말 대신에 새신랑이라는 표현을 썼다.

"나 좀 쳐다봐요."

그런데 그이는 새신랑이라고 한 나의 말에는 반응을 보이지 않고 갑자기 자기를 쳐다보란다.

"어머, 그 넥타이 아직도 가지고 있었어요?"

그가 매고 있는 넥타이는 내가 결혼 전에 크리스마스선물로 준 것이었다. 그제야 나는 자기를 쳐다보라는 이유를 알았다.

"오늘 당신 생일이잖아. 특별한 날이라 맸지."

친구로 지냈던 대학생 시절, 그러니까 육십 년도 더 전에 내가 주었던 넥타이를 매고 나를 보고 웃고 있는 거였다. 나는 감격했다. 바로 몇 달 전 중환자실에서 죽음의 문턱을 헤매던 그였기 때문이다. 감색 바탕에 흰 줄과 붉은 줄의 스트라이프 무늬가 마음에 든다고 특별한 날이면 즐겨 매곤 했던 넥타이지만 이젠 유행이

지나서 넓이가 좁아지고 가장자리 천이 삭아서 안감이 들여다보였다. 문득, 나는 같은 날 그에게서 받은 선물이 생각났다.

'뉴 라이트(New Light)'라는 글씨가 새겨져있는 금빛 하트형 콤팩트였다. 그런데 그것을 지금 나는 가지고 있지 않다. 콤팩트 속에 있는 분을 다 썼다고 버려버린 것이다. 금속으로 만든 콤팩트여서 분을 다 써도 리필이 되는 거라 오래오래 가지고 다닐 수 있는 거였는데 그것을 버린 것이다. 워낙 물건을 버릴 줄 몰라서 많은 것을 껴두고 사는 내가 어쩌다 마음먹고 버린다는 것이 없애지 말았어야 할 것을 없앤 것이다. 콤팩트와 함께 받은 그의 편지는 버리지 않았다는 것이 생각나서 그나마 다행이었다.

언젠가 그의 누이동생이 오빠가 콤팩트를 사기 위해 돈을 어떻게 마련했는지를 들려준 일이 있다.

"크리스마스 때가 되었는데 오빠가 돈이 없었나 봐요. 어머니가 새집을 지으려고 사놓은 외제 세면기가 있었는데 오빠는 그걸 팔아서 경희언니와 내 선물을 사자고 하는 거예요."

누이동생의 말은 길었다.

"욕실용 물건들을 파는 을지로3가로 가는데 그날은 바람이 매섭고 몹시 추웠어요. 오빠는 오버코트도 없이 맨 손으로 무겁고 차가운 도기(陶器)세면기를 어깨에 메고 걸으면서 내가 마음 아파할까 봐 휘파람을 불며 가는 거예요. 그러다가 마주 오는 사람이 있을 때는 큰 소리로, '소, 갑니다! 소, 갑니다!' 하며 지나가는 사람들을 웃기질 않겠어요. 나는 그런 오빠의 뒤를 따라가면서 얼마나 울었는지 몰라요."

부잣집 아들로 자란 그가 부산피난 때 어머니가 돌아가시고, 서울에 환도해서는 아버지가 중풍으로 눕게 되자 등록비가 없어서 마지막 한 학기 남은 대학을 휴학하고 있다는 것은 나도 알고 있었지만, 나와 만날 때면 늘 베이지색 윗도리양복을 콤비로 멋지게 입고 나오곤 해서 그가 그토록 힘들게 지내고 있는 줄은 몰랐다. 나중에야 나는 그 베이지색 콤비양복이 부산 도떼기시장에서 산 미국구제품이었다는 것을 알았다. 누이동생은 말을 이었다.

"세면기를 판 돈을 들고 오빠와 미도파백화점으로 갔어요."

당시는 좋은 물건을 사려면 외국수입품들을 파는 미도파백화점에 가야 했다.

"백화점에서 유리장 안에 진열되어 있는 물건 중에 눈에 들어온 것이 하트형 금빛 콤팩트였는데 그것을 사려면 세면기 판 돈을 다 줘야 했어요. 오빠는 살 생각을 못하고 있는 거예요. 그래서 내가 말했죠. 내 선물은 안 사도 되니까 경희언니 것만 사라고―."

누이동생의 천사 같은 마음에 오빠는 감동했고 그래서 나는 그 고급한 콤팩트를 크리스마스선물로 받게 된 것이다. 그런 콤팩트를 나는 없애버린 것이다.

　생일축하 저녁을 먹고 있는 호텔식당 창밖으로 시청광장에 장
식된 커다란 크리스마스트리가 오색찬란한 불빛을 반짝이고 있었
다. 넥타이와 콤팩트를 선물로 주고받은 그 밤에도 크리스마스트
리의 불빛이 황홀했듯이ㅡ.
　저녁을 끝내고 집에 돌아와서 나는 육십 년 전에 받은 그의 편지
를 찾아 읽었다.

　　Dear Good Friend ;
　　May the New light be upon you in this holy season. (중략)
　　Everytime you look at your lovely rosy cheek in the mirror,
　　this will ask you; "Is your heart of purestgold full of beauty?"
　　Nothing is more beautiful than a bright smile that springs
　　from the beautiful heart.
　　May this bring you New Light forever and ever.
　　Yours Truly Good Friend, 수인
　　23 December, 1954

　우리의 대학시절에는 영어에 관심이 많아서 멋으로 타임 잡지

를 겨드랑이에 끼고 다니는 남학생들을 길에서 흔히 볼 수 있었다. 나의 친구 수인이도 영어문장을 달달 외는 남학생이었는데, 그래서 내가 좋아했는지 모른다.

오십 년 넘게 버리지 않고 간직했던 낡고 낡은 추억의 넥타이를 매고 나의 생일을 축하해준 지 스무닷새 만에 그는 나의 곁을 떠났다. 새신랑이란 말을 들을 만큼 회복되었던 식도암이 간에 전이되어 급속도로 악화된 것이다.

2007년 12월 15일. 그날은 '새신랑'과 마지막으로 보낸 나의 일흔여섯 번째 생일이었다.

03

그곳은 아름다운 곳

그곳은 아름다운 곳

∽ 지상의 낙원 에스파뇰라 섬
　　－도미니카, 산토도밍고에서

Q시, 카라카스 공항 안은 무척 더웠습니다. 벽에 걸려있는 온도계가 섭씨 삼십 도를 가리키고 있더군요. 민소매 원피스를 입고 나올 걸 그랬다는 생각이 들었습니다. 베네수엘라의 지도를 머릿속으로 그려 보았지요. 내가 도대체 지구의 어디쯤 와 있나 해서ㅡ.

도미니카로 가는 출발 시간까지 삼십 분을 기다려야 하는 동안 서울의 Y여사 컬렉션을 위해서 재떨이 한 개를 샀습니다. 조그만 기념품이지만 그렇게 오다가다 몇 개 산 것이 어느새 짐이 되어버렸습니다.

비행기가 활주로를 떠나자마자 곧 카리브의 푸른 바다가 펼쳐졌습니다. 베네수엘라를 마지막으로 남미 땅을 떠나고 있다는 생각에 공연히 감개무량해지더군요. 페루, 칠레, 아르헨티나, 파라과이, 우루과이, 브라질 그리고 콜롬비아… 그러나 볼리비아를 들르지 않고 그대로 떠난 것은 아무리 생각해도 잘못한 일이었습니다.

서울을 떠날 때 해외 공관원 K씨가 그토록 말리지만 않았더라도, 나는 그 쿠바의 혁명가 체 게바라란 사나이가 죽은 볼리비아의 땅을 밟을 수 있었을 텐데 말입니다. 하긴 그의 말을 듣지 않았더라면 지금쯤 볼리비아의 수도 라파스 공항에서 호흡곤란을 일으키고 쓰러져 있을지도 모릅니다. K씨의 만류 이유가, 처음 가는 사람은 해발 삼천팔백이 미터의 라파스 비행장에서 산소 부족으로 쓰러지는 일이 많다는 것이었기 때문입니다.

카리브 해의 바닷빛은 몹시도 푸르고 아름다웠습니다. 이년 전 이탈리아의 카프리 섬에서 본 지중해의 바닷빛이 생각나더군요. '카리브 해! 아, 이래서 모두들 햇빛 쏟아지는 카리브에 그토록 찬사를 보내는구나!' 생각했습니다.

멀리 안개가 끼어서 하늘인지 바다인지 분간할 수 없는 속을 비행기는 날고 있었습니다. 바다 위에 배가 한 척 지나가고 있더군요. 왠지 그 배가 외로워 보였습니다. 그래서 그 배가 가는 대로 비행기도 함께 갔으면 좋겠다는 생각을 했죠. 그런데 우리의 비행기는 그 작은 배를 모른 체, 반대 방향으로 그냥 그냥 가는 게 아니겠어요? 얼마 후 바다 위에는 아무것도 보이는 게 없었습니다.

비행기 안이 차츰 시원해지자 조금 전의 열대의 감각은 완전히 잊어버리는 듯 했는데, 동그란 창문으로 햇빛이 너무도 강렬하게 들어오고 있어 외부의 더위를 다시 생각하게 되었습니다. 나는 그 햇살 옆에서 생각나는 일들을 기록했습니다.

비행기가 뜬 지 얼마 안 되었는데 착륙을 알리는 안내방송이 들렸습니다. 벌써 산토도밍고인가 했더니, 그게 아니라 글라소라는 섬이었습니다. 그제야 그 비행기가 글라소를 경유한다는 것이 생각났습니다. 비행기 착륙을 알리는 방송이 나오더니 바다는 어느새 옆에 와 있었습니다. 정말 눈 깜짝할 사이에 나는 어딘가에 와 있었습니다. 바닷가 모래사장 위에 배나무 키만 한 선인장들이 멋없이 돋아 있었습니다. 그 쓸쓸하게 서 있는 모습이 남국의 정취를 느끼게 하더군요.

글라소에서 타는 승객들은 대부분 흑인 남녀들이었습니다. 승객마다 양손에 쇼핑백을 들고 비행기 속으로 들어오는 모습들이, 마치 피엑스에 다녀오는 미군들을 연상케 했습니다. 그리고 보니 글라소가 자유항(自由港)이라 한 것 같았습니다. 어쩐지 조그만 섬의 공항 면세점에 고급 시계며 보석이며 하는 사치스런 물건들이 많다는 생각을 했으니까요. 인접 지역에서 이곳으로 일부러 물건을 사러 온다는 이야기를 카라카스에서 들었던 것 같습니다.

흑인 아가씨들의 차림은 요란했습니다. 가발로 단장한 반드르르한 머리모양이며, 다섯 손가락마다에 낀 번쩍이는 반지와 손목에 찬 팔찌들, 그리고 짙은 향수 냄새─. 나는 촌 여자처럼 자꾸 그들을 쳐다보았습니다. 글라소를 떠난 지 한 시간이나 되었을까 했는데 비행기는 도미니카의 수도 산토도밍고에 닿았습니다. 하늘은 잔뜩 흐려있고 땅에는 많은 비가 내린 흔적이 있었습니다.

이런 아름다운 섬에 와서 맑은 날씨의 바다를 보지 못하고 떠나는가 해서 걱정을 했는데, 그것은 하루에 두 번씩 내리는 소나기라고 택시운전사가 알려 주었습니다. 내가 그의 말을 똑바로 알아들었는지는 모르지만, 그의 브로큰 잉글리시를 그런 뜻으로 들었습니다.

카라카스에서 예약해 둔 호텔 앰버서더까지 공항에서 십 달러로 정하고 택시를 탔습니다. 영어를 아는 운전사는 별도로 취급받고 있었습니다. 그는 백미러로 나를 흘끔흘끔 쳐다보며 창밖으로 보이는 것들을 흥이 나서 설명해 주었습니다. 그러나 목소리만 컸지, 도무지 무슨 말인지 알아들을 수가 없더군요. 그저 그가 이야기할 때마다 웬만하면 "시(Si)!" "시(Si)!" 하고 나도 브로큰 스페니시로 응해 주었습니다. 그는 그때마다 유쾌하게 웃으며 그렇게 좋아할 수가 없었습니다.

'그래, 너와 나도 인연이겠지! 이 먼 나라에 와서 네 수선 떠는 소리를 들으며 차 속에 앉아있을 거라고 내가 꿈엔들 생각했겠니.'

속으로 이렇게 생각하며 차창 밖으로 펼쳐지는 아름다운 해안으로 눈을 돌렸습니다.

매끈히 뻗은 그 공항 길을 수없이 다녔을 운전사가 솜씨를 부려 멋지게 커브를 그려 달리면, 바다도 똑같은 커브로 줄달음치는 것이었습니다. 차가 시내로 들어가는 길목에서 신호를 기다리는 동안 차 옆으로 신문팔이 소년들이 모여들었습니다. 손에 든 신문들을 저마다 들이대며 나에게 사라는 게 아니겠어요? 어디를 가나 살아가는 방법이 이렇게나 닮았을까요. 가난은 이 아름다운 섬에도 있었습니다. 갑자기 나는 여행의 낭만에서 인간살이의 현실로 돌아 온 기분이었습니다.

나는 맨발의 소년들의 발에 자꾸 눈길이 갔습니다.

앰버서더 호텔은 해변에 자리한 호화 호텔이었습니다. 로비는 마치 아라비안나이트의 궁전을 연상케 했지요.

Q씨, 아는 사람이 전혀 없거나, 그 나라에 대하여 너무도 생소하고 불안한 느낌이 들 때, 나는 안전책으로 이런 일급 호텔을 예약하곤 합니다.

콜럼버스가 제일 먼저 발견하고 그 아름다움에 반하여 '지상의 낙원'이라고 불렀다는 에스파뇰라 섬. 이곳에 내가 발을 딛고 서있 다는 생각을 하니, 한국으로부터 엄청난 거리감 때문인지 어느새 콜럼버스 시대로 돌아가 있는 느낌이었습니다.

나는 콜럼버스의 유해가 묻혀 있다는 사원을 찾아갔습니다. 콜 럼버스는 자기가 죽으면 에스파뇰라 섬에 묻어 달라고 했다더군 요. 그가 살았다는 집, 그리고 그가 타던 배 산타마리아호를 묶어 두었다는 선창가의 고목…, 이런 것들이 마치 무대 배경처럼 서있 었습니다. 신대륙 최고(最古)의 도시라는 도미니카의 수도 산토 도밍고는 역시 건물들이 많이 헐어 있었고, 오랜 식민지 생활의 가난을 군데군데 엿볼 수 있는 그런 인상의 도시였습니다.

숨 막히는 더위에 지쳐 나는 더 이상 구경을 못하고 호텔로 돌아 오고 말았습니다. 시민들의 표정이 한결같이 지쳐 보였던 것도 아 마 그 같은 더위 때문이었던 것 같습니다.

호텔에 도착하자 억수 같은 소나기가 또 퍼부었습니다. 정말이 지, 이런 더운 지방에는 하루에 두 번씩 이 같은 소나기가 있어야 겠구나, 생각했습니다. 맑은 물의 풀장에서 수영을 즐기던 사람들 이 쏜살같이 야자 잎 초막(草幕)으로 소나기를 피해 뛰어가는 모 습도 여행자인 나를 흥분케 하는 정경이었습니다. 그때 옆에서 한 백인 신사가 말을 건넸습니다.

"이런 것 한 장 찍으세요. 소나기의 배경이 멋진 기념이 될 겁니다.”

나는 들고 있던 카메라를 그에게 내밀었습니다. 그가 셔터를 누르는 동안 내가 서있는 테라스로 비가 마구 들이쳐서 차가웠지만 참을 만은 했습니다.

“이게 스콜인가 보죠?”

나는 중학교 영어시간에 배운 단어가 생각나서 한마디 써 봤습니다. 그런데, 그는 분명히 영국 사람이었는데 알아듣질 못하는 게 아니겠어요? 괜히 말을 꺼냈구나 했지만, 몇 번을 반복해 말했더니 그제야 “아아, 스콜 말이군요?” 하며 설명을 해주더군요. 그건 적도 부근 해상에서 내리는 소나기를 말하는 것이지, 육지의 경우는 그렇게 말하지 않는다는 것이었습니다.

Q씨, 외국어란 막상 사용할 때 이렇게 엉뚱한 실수를 하게 될 수 있음을 알았습니다. 여행은 산 공부라더니, 때론 이런 것도 배우게 되는군요.

콜럼버스가 쿠바 다음으로 발견한 에스파뇰라 섬이 너무도 마음에 들어 자기 동생을 시켜 도시를 세우게 한 곳이 산토도밍고랍니다. 동양의 한 조그만 나라에서, 그것도 학교 지리시간에 들은 콜럼버스의 ‘신세계 발견’이란 말만으로는 마치 단국신화를 듣는 것마냥 실감이 나지 않았는데, 막상 이 도시에 와 보니 정말 내가 콜럼버스가 잠깐이나마 다녀간 마을에 와 있다는 것이 꿈만 같아,

그 오랜 세월이 어제와 같이 느껴졌습니다. 반드시 아름답거나 예술적인 것만이 감명을 주는 게 아니라, 헐고 찌든 집들이라도 '신세계 최고(最古)의 도시'라는 말과 연관시키게 되니 많은 것을 생각하게 되더군요.

콜럼버스의 유해가 묻힌 교회도 갔습니다. 그 교회 역시 신세계에서 가장 오래된 것이라고 합니다. 운전사는 산타마리아호를 묶어 두었다는 거목을 보여주며 "사실인지 모르지만…." 하고 굳이 단서를 붙여 설명을 하는 것이, 왠지 그의 겸손함을 보는 것 같아 호감이 갔습니다.

산토도밍고에서의 관광은 온통 콜럼버스에 관한 것뿐이었습니다. 콜럼버스란 이름의 박물관에도 갔지요. 이사벨라 여왕으로부터 받은 지구의(地球儀) 등이 진열되어 있었습니다.

Q씨, 하여간에 이 작은 섬나라는 콜럼버스 덕을 톡톡히 보는 나라라는 생각이 들었습니다. 나부터 그것에 흥미를 가지고 찾아왔으니 말입니다.

날씨가 너무 더워서 거리 구경은 대충하고 호텔로 돌아왔습니다. 호텔에서 내다보이는 바닷가와 야자수, 그리고 초막과 통나무배들…, 한눈에 들어오는 이 모든 것이 언젠가 그림에서 보고 먼 꿈으로 동경했던 곳 같아 다시 감개무량한 생각이 들었습니다.

저녁식사는 나에게 영어를 하는 택시를 타게 해준 영국 신사도널드 씨와 함께 하였습니다. 여행 중에 저녁을 혼자 먹는 일같이 쓸쓸한 일은 없습니다. 그런데 저녁을 함께 할 벗이 생겼다는 것은 마치 일 하나 덜은 것처럼 마음이 가벼워졌습니다.

도널드 씨와 나는 도미니카의 특색 있는 닭고기 요리를 주문했습니다. 잔뜩 기대했던 것과는 달리 그저 평범한 닭튀김요리였는데, 한 옆에 팥밥이 곁들여져 나온 것에 놀랐습니다. 우리의 팥밥, 바로 그와 똑같은 것이었으니까요. 오랫동안 한국 음식 맛을 잊고 있었다는 것이 생각나 그 좋은 고기 요리를 두고 김치 생각을 했습니다.

도널드 씨는 나의 그런 마음을 모르고 닭튀김요리를 체면 없이 마구 먹어댔습니다. 그리고 연신 냅킨으로 입을 닦아가며 이야기를 계속하는 것이었습니다. 시종 그는 낮은 목소리로 무엇인가 이야기를 하였으나 그 이야기의 절반은 알아듣지 못하고 말았습니다. 서구인들은 식탁에서 대화를 즐기지만 우리 한국 사람은 밥 먹을 때는 말하면 안 되는 것으로 교육받아왔기에 그의 말을 관심을 가지고 들을 생각을 안 했습니다. 도널드 씨의 영국식 발음도 나에겐 알아듣기 힘들기도 했고요.

Q씨, 하룻밤 자고 떠난 여행이었지만 꽉 차게 보낸 산토도밍고에서의 시간들은 카리브 해의 바닷빛처럼 푸르게 살아있습니다.

☙ 강력한 원색의 그림이 있는 나라
─ 아이티 포르토프랭스에서

Q씨, 산토도밍고를 떠날 때 공항에는 비가 내리고 있었습니다. 아무도 배웅 나온 사람이 없는 카리브 해의 이 조그만 섬을 떠나면서, 내가 이곳에 며칠이나 있었다고 마치 고향 떠나는 사람처럼 서글픈 생각이 드는지 모르겠군요. '떠나는 항구'에 비가 내린다는 것은 어쨌든 서글픈 일임에 틀림없습니다.

공항까지 나를 태워다 준 택시운전사가 짐을 내려 주곤 "봉 보야주!" 하고 가버리더군요. 비록 흑인 택시운전사의 간단한 인사 한마디였지만, 그 말이 그렇게 정감 있게 느껴질 수가 없었습니다. 주책없이 감상적인 소녀처럼 말입니다.

그와 나는 택시 안에서 많은 이야기를 나눴죠. 내가 묵었던 앰버서더호텔에서 공항까지 약 한 시간이 걸리는 거리였으니까 꽤 오래 이야기한 셈이죠. 여자가 혼자 여행하면서 공연히 아무나 만나 이야기를 나눌 순 없잖아요. 그럴 때 택시운전사가 제일 말을 쉽게 건넬 수 있는 사람이니까 나는 늘 이런 식으로 한답니다.

"가족이 몇이세요? 수입이 좋습니까?"

저는 이런 것까지 물어본답니다. 그도 나에게 묻더군요.

"내가 한국에 가면 쉽게 직장을 가질 수 있을까요?"

나는 한국 사정을 어떤 식으로 설명해야 할지 잠깐 생각하는 중이었는데, 그는 "역시 검둥이라 환영하지 않겠군요." 하는 것입니다. 나는 당황해서 그의 말을 얼른 부정했죠. 그런 뜻에서 머뭇거렸던 것은 결코 아니었기 때문입니다. 그런데 그렇게 말하는 그쪽의 태도가 너무도 태연하고 언짢은 기색이 없는 데에 나는 또 한 번 놀랐습니다.

비에 젖은 활주로를 달리는 비행기 창가에 앉아서, 나는 그 흑인 운전사를 생각하고 있었습니다. '비와 항구', 확실히 감상적이 되지 않을 수 없었습니다.

삼십분 만에 아이티의 포르토프랭스에 도착했습니다. 미처 지도를 꺼내어 카리브 해의 섬들을 들여다볼 시간도 없이 말입니다.

그곳은 과연 열대의 더위더군요. 입국 수속을 하고 있는데 한 젊은 아이티 신사가 나에게로 왔습니다. 나는 그가 우리나라 명예 총영사라는 것을 즉시 알아차렸습니다. 키가 크고 인상도 좋은 신사였는데 표정이 없더군요. 말하자면, "아, 어서 오십시오. 기다리고 있었습니다." 이런 형식적인 말이 전혀 없는 무뚝뚝한 남자였다는 거죠. 여성의 호감을 사는 제스처와 표정이 풍부한 유럽풍의 신사를 기대했던 것은 아니지만, 그렇다고 전혀 기대하지 않았던 것도 물론 아니지 않겠어요?

하여간 그 신사가 영어를 유창하게 한다는 것은 나에게 큰 다행이 아닐 수 없었습니다. 아이티는 중남미에서 유일하게 불어 사용국입니다.

아, 잠깐ㅡ. 공항에서 느꼈던 아이티 인상을 말하겠습니다.

세관에서 짐이 나오기를 기다리고 있는 동안, 건물 안을 두리번거렸더니 벽 두 군데에 이 나라 대통령의 사진이 걸려 있더군요. 그 나라 대통령의 얼굴을 미리 알고 있었던 것은 아니나, 그게 대통령 사진이라는 것은 직감할 수 있었습니다. 그 둘이 각기 다른 복장을 한 사진들이긴 했지만, 그것이 공항 벽을 장식한 전부였다는 사실이 그저 재미있게 생각되었습니다.

사실 이 나라에 대해서 약간 알고 왔는데, 그것이 바로 '파파독'이라는 애칭을 가지고 십여 년 동안 대통령 자리를 누리다가 죽을 때 열 몇 살짜리 아들에게 자리를 물려주었다는 이야기여서, 사진들을 보는 순간 그런 이야기들이 생각났습니다.

아이티인 명예 총영사는 자동차를 타기 전에 자기의 명함을 나에게 주었습니다. '이브 앙그라데(Ive Angrade). 대한민국 명예 총영사' 이렇게 적혀 있었습니다. 나도 그에게 명함을 주었습니다. 그는 앞만 보고 운전을 했고 나는 그의 옆모습을 보아가며 말을 건넸습니다.

"한국에 오신 적이 있으세요?"

"네, 작년 가을에 다녀왔습니다."

"어땠어요?"

이 말을 해 놓고, 이런 질문은 하나마나란 생각을 했습니다. 대답은 빤할 테니까요. 역시 그의 대답은, "참 좋았습니다." 였습니다.

나는 그에게 더 이상 말을 건네지 않고 창밖을 내다보았습니다. 산기슭을 타고 비스듬히 굴곡진 오르막길을 차는 몇 번이나 돌며 올랐습니다. 멀리 바다가 보이고, 바로 그 길 옆은 사탕수수 밭이 무성했습니다. 스페인 사람들이 이 섬을 정복하고 사탕수수를 재배하기 위해 아프리카에서 흑인노예를 끌어들였다는 이야기가 생각났습니다. 나는 문득 옆에서 운전하고 있는 앙글라데 씨의 조상이 머리에 떠올라 다른 생각을 하기로 했습니다.

내가 숙박하기로 되어있는 프라자호텔 앞에는 큰 공원이 있었습니다. 호텔이라기보다는 부잣집 개인 별장과도 같은 단층건물의 이 호텔에는 열대식물과 꽃들로 가득 찬 정원이 있고, 그 한 곁으로는 맑은 물이 차있는 풀장이 한가롭게 햇빛을 반사하고 있었습니다. 정원에는 홍예문도 있었습니다. 그곳을 지나면 그 안에 또 정원이 있고, 거기에 또 조그만 홍예문이 있는 그런 건물이었습니다. 호텔의 벽이며 담은 모두 흰색으로 칠해져 있어 마치 외인부대가 있는 사막의 저택 같았습니다.

방문을 열면 바로 정원으로 걸어 나가게 되어있는 곳에 나의 방이 정해졌습니다. 짐을 놓고 나는 우선 식당으로 갔습니다. 새벽에 산토도밍고를 떠나는 바람에 아침을 못 먹었기 때문입니다. 시간은 이미 정오가 다 되어가고 있었습니다.

대나무로 만든 식탁들이 모두 비어있고 손님은 나 혼자였습니다. 높은 천장에는 큰 선풍기가 빙글빙글 돌고 있었습니다. 바람이 이는 것은 느껴지지 않았고, 오히려 돌고 있는 모습에서 열대의 더위가 느껴졌습니다. 호텔 숙박비에 두 끼 식사가 포함되어 있다는 웨이터의 설명을 듣고 메뉴를 마음 놓고 들여다보았습니다. 디저트로는 이름이 마음에 드는 '바나나 딜라이트'란 것을 시켰는데 가져온 것을 보니 별것도 아닌 것을 그렇게 요사한 이름으로 멋을 냈더군요. 바나나를 겅둥겅둥 썰어서 그 위에 설탕을 흠뻑 뿌려 놓은 것이었습니다. 끔찍스럽도록 달아서 다 먹을 수는 없었습니다.

앙그라데 씨가 온다는 시간까지 나는 한가롭게 호텔 안을 돌아볼 수 있었습니다. 넝쿨져 올라간 열대식물의 잎사귀도 만져보고, 에어컨을 수리하고 있는 종업원들끼리의 이야기 소리도 들어가며, 그리고 로비나 식당 벽에 걸려있는 아이티 특유의 그림들을 감상하면서요. 어디나 밝은 광선이 충만해 있었습니다.

Q씨, 그림 이야기를 해 드리죠. 정말 재미나는 그림들이었습니다. 단조로운 원색의 사실화들이었습니다. 천진난만한 아이들의 그림 같다고나 할까요? 샤갈의 환상적인 그림을 평면화한 것 같기도 한 그림들이었는데, 그 하나하나가 너무도 강렬한 색채와 기하학적인 선의 구도, 게다가 그 소재들은 그들의 생활상을 보여주는 아주 친근감 도는 그림들이었습니다. 베네수엘라에서 경유지를 추가 받을 때 그곳 박문규(朴文圭) 영사가 이런 이야기를 해주더군요.

"아이티는 가 볼만한 곳입니다. 특히 이 여사에겐 그림들이 볼만할 겁니다. 무명화가들이 그린 재미나는 그림들이 많습니다."

다른 분들이, 그 못 사는 나라에는 왜 가려고 하나요? 그 검둥이 나라에는 무엇 때문에 갑니까? 영어도 통하지 않고 아이티언어와 불어만 사용하는 나라입니다."

이렇게 말하며 모두가 아이티에 간다는 나의 뜻을 받아주려 하지 않았는데 처음 만난 박 영사가 내가 그림에 흥미를 가지고 있는지를 어떻게 알았는지, 그런 이야기를 해준 것이 내가 아이티 여행을 끝내 포기하지 않고 찾아가는 데 큰 힘이 되어주었습니다.

아이티는 정말로 가난한 나라였습니다. 넉넉지 않은 나라 사람인 내가 남의 나라의 가난에 대해서 이야기한다는 것은 예의가 아닐지 모르나, 이 나라에 와서 처음으로 우리나라가 잘 사는 나라라는 생각이 들었습니다.

시장에 구경을 갔더니 꼬마들이 몰려와서 배가 고프다고 손을 내밀더군요. 마치 그늘에서 자란 꽃순처럼 연연한 손들이 한껏 나의 배꼽 높이에서 따라다녔습니다. 그러나 나는 번갈아 나타나는 그 손바닥 위에 아무것도 쥐어주지 못한 채 시장 밖으로 나왔습니다. 왠지 오다가다 한 푼 주는 식의 자선이 나에겐 익숙하지 않아 고민만 하였을 뿐, 그리고 미리 그러지 말라는 주의를 받기도 하여서였지요.

청년들이 머리에 물건을 이고 가는 모습이 눈에 자주 띄었습니다. 이곳 풍습의 하나인 모양입니다.

모자를 눈 아래까지 깊이 쓰고 담 옆에 길게 기대어 자는 사람들의 모습이 거리 곳곳에서 눈에 띄었습니다. 게을러서인가 했더니 그들에게 일거리가 없어서 그렇다는 군요. 그들이 모두 실업자라는 것을 알고 나니 지구상의 진짜 비극을 이곳에서 보는 느낌이었습니다.

빨간 헝겊을 앞에 달고 다니는 자동차가 택시의 표식이라는 이야기를 듣고 나도 그런 차를 골라서 손을 들었습니다. 이곳 택시란, 손님이 타고 있어도 손만 들면 모두 태우고 시내를 돌면서 순서대로 내려주는 그런 식인 모양이었습니다. 물론 나도 그런 손님으로 탄 것입니다. 차안의 사람이 차례로 내린 후 나는 거리의 한 어귀에서 내렸습니다.

아이티의 중심가는 말 그대로 판자촌 부락이었습니다. 길가에서 파는 물건들은 상품이라기보다는 피난 보따리 속을 연상케 하는 그런 하잘 것 없는 생활용품이었습니다. 나는 한국 사람으로 태어났다는 긍지를 만끽하면서 이 골목 저 골목을 구경하였습니다.

날이 어두워져서 사진을 찍지 않았습니다만, 가난을 담는 것이 좋지 않을 것 같아 일부러 찍지 않았다는 게 더 정직한 표현일 것입니다.

∽ 왕(王)과 나

제목을 〈왕(王)과 나〉로 붙이니까 마치 율 브린너 주연 영화의 제목과 같습니다만 나는 일부러 이처럼 붙였습니다.

며칠 계속하여 따분한 브뤼셀에서 열린 국제도서박람회장 속에서 가난한 우리나라 도서를 챙겨 놓고 있었던 어느 날, 국왕이 온

다고들 장내가 법석댔습니다. 그러고 보니 그 전전날 왕비가 다녀
간 일이 있었습니다.

한참 있으니까 아마 궁정 의전(儀典) 담당자인 듯싶은 중년신
사가 나에게로 와서 내가 말할 수 있는 외국어를 묻는 것이었습니
다. 나에게만이 아니라 그는 각 나라 전시장마다 돌아다니며 그곳
에 나와 있는 각국 사람들에게 그와 똑같이 묻고 돌아다니는 것이
었습니다.

어려서 동화책에서나 왕의 이야기를 읽었었고, 그리고 서양 영
화에서 왕과 인사하는 장면을 보긴 했어도, 막상 내가 한 나라의
국왕과 인사를 하게 된다는 생각을 하니까 실로 떨리는 일이어서
그동안 몇 번을 화장실로 가서 얼굴을 매만지고 손을 씻었는지
모릅니다. 그리고 왕과 악수를 할 때 무어라 인사를 할 것인가를
긴장되어 있는 머릿속으로 생각하기에 바빴습니다.

한 손으로 왕의 손을 잡고 나머지 손으로 치맛자락을 추켜 쥐며
살짝 무릎을 구부리는…, 그러면서 '유어 메제스티!' 하고 인사하
는 영화 속의 장면도 머릿속에 떠올렸습니다.

나는 얼핏 박람회장 리셉셔니스트 아가씨에게로 가서 왕에게
인사할 때 무어라고 해야 하느냐고 물었습니다. 돌연한 나의 질문
에 그 아가씨는 자기도 왕과 한 번도 인사해 본 일이 없어서 모른
다는 것이었습니다.

어쨌든 '유어 메제스티'라는 존칭을 붙여야 할 게 아니냐—는, 내가 이미 생각하고 있었던 정도의 대답만을 얻고 자리로 돌아왔습니다. 나는 말끝에 붙여야 할 '유어 메제스티'란 존칭을 자연스럽게 해야겠다는 생각에 '유어 메쥐스티', '유어 메쥐스티'… 하고 상냥한 표정을 지어 보며 입속으로 연습을 하였습니다.

한참 있다가 많은 시종관을 거느린 젊은 국왕 보두앵이 우리 전시장 앞에 와 섰습니다. 그리고 아까 다녀갔던 의전관이 보두앵 왕에게 영어로 '코리아'에서 온 나를 소개하였습니다. 보두앵 왕이 손을 내밀었을 때, 나는 왕이 무어라고 말을 하였는지는 생각이 안 나고, 그저 미리 생각해 뒀던 "만나 뵙게 된 것을 최상의 영광으로 생각합니다. 폐하!" 이렇게 말하였습니다.

그러나 실상은 '폐하'(유어 메쥐스티)란 말이 그렇게 자연스럽게 이어진 것은 아니었습니다. 말을 다해 놓곤 깜빡 잊었다가 마치 루주를 입술에 맞춰 칠하지 않고 약간 빗나가서 또 하나의 입술을 그려 놓은 것모양—뒤늦게 "유어 메쥐스티" 하였습니다. 얼마나 내가 긴장을 하고 있었던지!

국왕은 유창한 영어로 나에게 묻는 것이었습니다.

"코리아에선 이번이 처음 참가한 것이지요?"

"당신이 쓴 책도 가지고 왔습니까?"

"어떤 내용입니까?"

"한국어를 읽을 줄 안다면 한 권 사고 싶군요."

시종 똑같은 미소와 친절한 물음과 대답. 나는 한참 말하는 동안 어느새 그가 국왕이란 감정보다 기품 있는 서민을 대하는 그런 느낌이었습니다. 그의 나이는 약 사십 정도의 단정하고 잘생긴 풍모였습니다만, 그의 얼굴엔 어딘가 무사(武士)다운 위풍도 엿보였습니다.

나는 여행 중에 필요할지 몰라서 몇 개의 선물을 준비하고 있었습니다. 그것은 조그마한 놋으로 된 페이퍼나이프였습니다. 물론 거기엔 'KOREA'라는 글자가 새겨져 있습니다. 나는 늘 이것을 손가방 속에 준비하고 있었던 터이므로, 사전에 그의 의전관에게 내가 왕에게 선물을 줘도 괜찮겠는가고 물었는데, "아마 괜찮을 테지만 당신이 왕께 한번 물어보는 것이 좋겠다."는 것이었습니다.

나는 그의 말대로 국왕에게, 선물을 드리면 받아 주실 것인지를 물었더니, 국왕은 아주 기쁜 표정으로 고맙다는 것이었습니다. 나는 나의 선물이 갑작스런 것이라는 변명을 하면서 색동 포장의 페이퍼 나이프를 왕에게 드렸습니다.

국왕은 포장을 풀어 보면서 그 놋으로 된 페이퍼 나이프에 관심 있다는 표정을 아끼지 않았습니다. 나는 국왕의 그런 표정이 의례적인 것인 줄 알면서도, 그토록 부드럽고 멋진 미소로 연방 나의 말에 응답해 주는 것이 매우 기뻤습니다. 문득 구라파의 정말 신사란 이런 형태의 분이거니 하고 그 긴장된 시간 속에서도 생각하였습니다. 그런 것 이외엔 평범한 양복의 이 중년신사에게서 사전지식도 없고, 왕에 대한 교양도 지니지 못한 한국의 서민인 내가 어떻게 더 이상의 것을 찾아낼 수가 있었겠습니까?

어떻든 그는 긴 시간을 우리 전시장에서 보냈으며 그 사실은 국왕이 떠난 후 그곳에 온 많은 손님들이 우리 전시장에 몰려와 "왕이 당신에게 무슨 얘기를 그렇게 오래했느냐?"고 묻는 것으로 짐작할 수 있었습니다.

그 이틀 후, 우리 한국 대표 두 명은 국왕과 왕비가 초청하는 왕궁 파티에 갔습니다. 사실 이 파티의 초청장이 직접 우리의 손에 주어진 것은 아니었으나 도서박람회에 참가한 각국 대표들이면 참석하게 되었다는 말만으로 우리는 왕정(王廷)으로 갔습니다. 그러나 영화에서 보는 그런 요란하게 차린 근위병에서부터 긴 왕정 대리석 복도에서 정중하게 손님을 맞는 고령의 시종들까지, 초청장을 가지고 있지 않은 우리를 쉽게 통과시킬 리가 없었습니다. 나는 화려한 우리의 고유의상을 입고 당당한 태도로, 또 그들은 한결같이 불어만 할 뿐 영어를 몰랐기 때문에 차라리 구구한 변명 없이 그대로 궁중 속으로 걸어들어 갈 수 있었습니다.

그러나 결국 마지막 관문에서 걸렸습니다. 나는 시간 때문에 아마 우리 공관에 와 있을 초청장을 지참치 못했다는 말을 했더니,

그들은 물론 나의 말을 알아듣진 못하고 우리를 그대로 세워놓고 연회장 속으로 들어가 얼마 만에 돌아와서야 우리를 입장시켰습니다. 어린애 같은 생각인지 몰라도 밖에서 기다리는 동안, 아마 국왕에게 '코리아'의 대표가 왔다면 즉시 들여보내라고 할 것이다 —라는 생각을 하며 꽤나 자신을 가졌었는데 그런 신념이 어째서 생겼는지는 나도 모를 일입니다.

과연 국왕의 연회장은 아름다웠습니다. 즐비한 조각과 샹들리에, 붉은 카펫 등이 상상했던 이상의 엄숙한 분위기가 한국 여성인 나를 긴장케 하였습니다. 그 속에서도 나의 한국 의상은 눈에 띄었습니다. 아마 그래서였겠지요. 그곳에서도 의전 담당관인 듯한 나이가 좀 든 사람이 나를 국왕에게 소개를 할 때, 국왕은 우리는 이미 오래 전부터 알고 있는 사이라는 표정을 지으며 "그동안 잘 있었느냐"는 물음과 함께 "당신이 준 선물 무척 고맙다"라는 인사를 다시 한 번 하는 것이었습니다. 인형같이 귀엽고 아름답게 생긴 파비올라 왕비도 같이 있었습니다만, 여기선 보두앵 왕의 얘기만 하겠습니다.

국왕은 정말 여러 나라 말을 구사하는 것 같았습니다. 그것이 물론 그렇게 멋지게 느껴졌고 더욱 인상적인 것은 국왕이 다른 사람과 이야기하면서, 간혹 멀리 있는 우리와 눈이 마주치면 자기가 이곳을 보고 있다는 사인을 연방 보내 주었는데 그 방법이며 동작이 이쪽만 알 수 있게 하는 그런 익숙하고도 멋져 보이는 연기에는 그만 놀랐습니다.

국왕이 퇴장하는 것을 기다려 우리도 밖으로 나왔습니다. 밖은 조금 어둑어둑한 편이었는데 국왕의 자동차가 마침 통과하였습니다. 그 순간 어찌나 반가웠는지 손을 높이 들고 흔들었습니다. 국왕도 우리를 보고 거의 동시에 손을 흔들며 반가워하였으며 자동차가 멀리 보이지 않을 때까지 뒤를 돌아보며 손을 흔드는 그런 신사였습니다.

나는 그 후 계속 그 국왕의 태도며 말에 대하여 생각해 보았습니다. 역시 어느 누구도 따를 수 없는 왕이었다는 것을 자꾸만 깨닫게 되는 것 같았습니다. 그것은 지금까지, 틀에 박힌 형식에 대해서 지루하고 인간미가 없다고 생각했던 그릇된 생각을 깨끗이 고쳐 준 것 같았습니다.

인간이 만든 형식, 그것도 왕들의 몸에 밴 그 형식이란 그리도 아름답고 지루함을 주지 않는 것이란 것을―.

왕에게서 풍부한 내용을 느끼게 된 것은 한마디로 세련된 그의 완벽한 형식이었습니다.

나는 지금까지 소탈하고 형식적이 아닌 것에 다정함을 느꼈습니다만, 오랜 형식의 새로움과, 그리고 형식만이 갖는 권위에 반할 줄도 알게 되었습니다.

관능적 포옹상(像)으로 조각된 힌두사원을 둘러보며

－네팔 카트만두에서

꽤나 오래전의 일인데도 그 소년의 얼굴이 생생하게 기억나는 것이 신기하다. 나이 들어서의 건망증이 아니라, 대학생 나이 때도 집으로 가는 골목길을 몇 번이나 잊어버리는, 그런 낮은 수치의 기억력을 가진 내가 여행에서의 일만은 기억되는 것이 신기하다는 것이다.

정확히 말해서 그는 소년이 아니고 청년이었는데 자그마한 몸집과 늘 웃고 있는 표정이 귀엽게 느껴져서 나는 그를 자꾸 소년이라고 말하게 된다.

뉴델리에서 작가세미나를 마친 일행과 함께 카트만두에 도착하자마자 우리는 시내관광을 위해 거리로 나갔다. 광장 근처에 이르자 갑자기 여러 명의 청년들이 우리 앞에 모여들더니 서로 자기가 관광안내를 해주겠다며 앞을 가로막았다.

"제가 안내를 해드릴 게요."

"제가 안내를 더 잘합니다."

"제가 제일 잘해요."

서로가 안내를 해주겠다며 경쟁을 벌이는 청년들 맨 뒤에서 우리를 쳐다만 보고 있는 한 소년이 있었다. 우리는 덩치 큰 청년들에게 밀리어 말도 못하고 힘없이 서있는 그 소년을 택하는데 합의했다. 소년은 활짝 웃으며 우리 앞으로 뛰어왔다. 소년이 우리 앞으로 오는 동안 나는 혹시 다른 청년들이 시기해서 그를 방해하지나 않을까 걱정을 하였는데 그런 염려는 공연한 것이었다.

어느새 소란스러웠던 그 여러 명의 청년들 모습은 하나도 보이지 않았다. 그들은 급히 다른 관광객을 찾아 자리를 뜬 것이다. 하나의 일거리를 따기 위해 무질서하게 보이는 경쟁을 보이더니 그것이 끝나자 아무 일도 없었던 듯, 그 자리에는 조용한 질서가 보여서 기분이 좋았다.

소년은 영어를 잘했다. 궁금한 생각에 그것부터 물었더니 네팔에서도 인도처럼 영어를 배운다고 했다.

카트만두 시내에는 사원이 많았다. 네팔의 국교인 힌두교사원은 물론이고 불교와 힌두교가 혼합된 사원, 원숭이 신을 모신 몽키사원 등—.

사원 안에는 불교의 윤회를 그린 만다라 벽화, 여섯 개의 팔을 가진 시바신의 석상, 그리고 석가모니의 사리를 모신 탑과 갖가지 신들을 모셔놓은 사당들도 많았다. 경전구절을 적은 색색의 천 깃발들이 곳곳에 나부끼고 있어서 도시 전체가 신들의 축제행사장 같은 분위기였다.

　지구상에서 가장 높은 히말라야 산봉우리에 대한 경외심 때문일까, 네팔사람들은 자연의 모든 것에 신성을 부여하고 그 신성에다 자기의 존재를 맡기고 살고 있었다. 실제로 네팔사람들이 숭배하고 있는 토속종교의 수는 3만 개가 넘는다고 하니 그 나라의 사람 수보다 신의 수가 많다는 말도 나올 법하다. 그런데다 그 하나하나의 신의 탄생일이 있어서 이때마다 축제를 벌이고 있어서 일 년 내내 신의 축제행사가 있다는 이야기였다.

　왕궁이라는 뜻의 두발 광장에는 각종 과일, 야채, 향료, 장식품, 염색에 쓰이는 식물들, 그리고 은세공품과 골동품, 이런 것들을 땅에 놓고 팔고 있는 장사들로 마치 시골장터를 연상케 하였다. 아기를 포대기에 둘러업고 과일을 파는 한 여인의 얼굴이 어쩌면 그리도 한국 사람 얼굴과 똑같았는지 우리 일행이 모두 그 여인 앞에서 발을 멈추고 말을 건네려 하였다. 소년이 얼핏 우리의 마음을 알아차리고 몽고계 네팔사람이라고 일러준다. 같은 인종이란 수천 년의 세월이 흘러도 속일 수 없이 거기에 닮음이 있는, 무서울 정도로 정확한 DNA에 경외심마저 든다. 그러나 헤어졌던 같은 민족을 만난 감격도 언어가 통하지 않으니까 역시 아무런 감정의 교류가 느껴지지 않아서 그대로 여인 앞을 떠났다.

　긴 돌담 위에 종(鐘)과 같은 모양의 통들이 주렁주렁 걸려있는 곳이 있었다. 소년의 설명에 의하면 '기도하는 바퀴'(Prayer Wheel)라고 한다. '기도하는 바퀴'에 석가모니의 경전들이 새겨져 있어서 그것들을 돌리면 그동안 지은 죄가 용서되고, 또 소원도 이루어진다고 해서 네팔 사람들은 수십 개나 걸려있는 그 기도바퀴를 차례로 돌리면서 줄을 지어 행진하고 있었다.

우리는 소년을 따라 요기들이 있는 마을도 구경했다. 좁고 허술한 움막 같은 공간에서 머리와 수염을 길게 기른 요기들이 거의 허깨비 같이 앉아있는 모습을 보며 그들이 신선이나 도사같이 느껴졌어야 했을 텐데 그런 느낌이 전혀 들지 않아서 아쉽기도 하였다. 아마도 내 안의 있는 세속적 마음에 가려서 잠시 동안 그들을 보는 것만으로는 나의 눈이 트이지 않아서였는지.

소년이 안내한 힌두사원에서 우리는 미처 상상도 못했던 특별한 광경과 마주쳤다. 발가벗은 남녀가 엉켜있는 적나라한 모습의 조각들이 사원의 나무 기둥이며 문짝, 그리고 돌탑, 이런 모든 곳에 빼빼이 새겨져 있었다. 건장한 근육질의 남자와 터질 듯 육감적인 곡선을 한 여성이 서로의 성(性)을 요구하고 있는 수백 쌍의 남녀 상(像)을 조금도 숨김없이 보여주고 있으니 얼마나 놀랐겠는가. 소년을 따라 함께 간 우리의 남녀 일행들은 "이게 뭔가?" 하고 무심코 바싹 다가가서 들여다보다가 그것이 무엇을 뜻하는 것인지를 금방 알아채고는 한 사람씩 슬그머니 섰던 자리에서 물러섰다. 그러나 딴 곳으로 눈을 돌리려고 해도 눈을 피할 곳이 없었다. 그만큼 어디에나 그 신성한(?) 남녀상들은 의연한 자태로 사람들 눈을 잡고 있었다.

네팔에 다녀 온 후에 물리학자인 카프라 박사가 동양의 신비사상에 대해서 쓴 책을 읽었더니 거기에 힌두교에 대한 이야기가 있었다.

"힌두교의 신도들이 신성에 접근하는 가장 대중적인 방법이 하나의 인격적인 남신이나 여신의 형태로 신성을 숭배하는 일이다. 힌두교에서는 대부분의 서양 종교와 달리 감각적인 쾌락을 억압하지 않고 오히려 육체를 인간존재의 불가분의 한 부분이며 그것은 신성(神聖)과는 떼려야 뗄 수 없는 것으로 생각하고 있다. 힌두교도들은 육욕을 의식적으로 제어하려 하지 않고, 몸과 마음이 하나의 존재로서 스스로 깨닫는 것에 목표를 두고 있다. … 개오(開悟)를 감각적인 사랑의 깊은 체험을 통하여 추구하며, 사랑하는 아내의 품속에 안긴 사내라면 비록 영혼의 품안일지라도 그는 그 안의 또는 그밖의 아무것도 알지 못한다."

카프라 박사는 또 "시바는 에로틱한 신비주의의 이런 중세적 형태와 밀접히 연관되어 있으며, 이 점은 힌두교신화에 수없이 존재하는 다른 많은 여성신과 마찬가지다. 힌두교에서 언제나 여성적인 것과 연관되어 있는 인간 본래의 육체적이고 감각적인 면이 전적으로 신성의 불가분한 부분이라는 것을 이 풍부한 여신상들이 보여 주고 있다. 힌두의 여신들은 성처녀(聖處女)로서 나타나지 않고 뇌쇄(惱殺)적일 만큼 아름다운 관능적 포옹의 모습으로 나타난다. 힌두교의 이러한 남신과 여신이 벌이는 육체의 그 황당무계할 정도의 수에 혼란을 일으킴이 없이 대처하는 것을 이해하려면 그 모든 신들이 그 본질에 있어서는 다 동일하다는 힌두교의 근본정신이라는 것을 먼저 알아야 한다."

카프라 박사의 이런 남신과 여신의 육체적 포옹 속에 힌두교신화가 존재하고 있다는 글을 미리 읽었었더라면 페루의 리마에서 보았던 성(性)박물관의 토우들을 좀 더 천천히 들여다보고 올 것을, 그렇지 못했던 것이 아쉽다.

∞ 꽃과 유럽의 신사도(紳士道)
-폴란드 바르샤바에서

만나고 싶은 사람이 있는 나라를 여행한다는 것은 가슴 설레는 일입니다. 바르샤바에는 그런 사람이 있었습니다. 국립아카데미

회원이며 바르샤바대학의 연극학 교수로 있는 헨릭 율코프스키 (Henrik Jourkovski) 박사인데, 내가 우리나라를 국제꼭두극연맹에 가입시키려는 일을 하고 있을 때 가장 많이 도와주었던 분입니다.

바르샤바에 도착하자마자 제일 먼저 율코프스키 교수 댁으로 전화를 했습니다. 그랬는데 아침에 포즈난으로 갔는데 일요일에나 돌아온다는 부인의 대답이었습니다. 얼마나 실망을 했는지요. 일요일이면 엿새나 기다려야 하는데다 나는 바로 그 일요일에 바르샤바를 떠나기로 했기 때문입니다.

서울을 떠나기 전에 그에게 미리 연락을 했어야 했는데 그러지 못한 것을 얼마나 후회했는지 모릅니다.

'연락까지 하고 갈 게 뭐람?' 특별히 그와의 일이 있어서가 아니었기에 그렇게 생각했던 거죠. 한국적인 겸손이 실은 국제사회에서는 실례인 줄을 알면서도 말입니다. 기대했던 사람이 없는 곳이란 도시 전체가 텅 빈 것 같았습니다. 그 순간, 여행의 의미마저 상실된 것 같더군요.

그런데 그가 토요일 오전에 돌아와 주었습니다. 프랑스어만 하는 부인과 힘들게 통화를 했는데 알아듣고 포즈난에 가 있는 남편에게 연락을 했던 모양이었습니다.

바르샤바에 가게 된 것은 유네스코의 후원으로 열린 세계번역가협회 회의에 참석하기 위해서였는데 우리와 국교가 없는 폴란드에 가는 일이어서 한국을 떠나기 전부터 우리 일행 세 사람에게는 지켜야 할 안기부의 주문사항이 많았습니다. 폴란드 입국 비자를 받기 위해서 룩셈부르크를 들러야 하는 번거로움도 있었습니다.

그러나 그런 것들은 아무것도 아니었습니다. 여자가 나 혼자라는 이유 때문에 함께 간 두 남자 대표가 나의 보안에 어찌나 신경을 쓰는지 호텔 안에서 다니는 일에까지도 거의 자유를 잃고 말았습니다. 그야 강제가 아니니까 내가 꼭 하고 싶으면 밖에도 나갈 수 있었겠지만 북한대사관만 있다는 사회주의 국가에서 굳이 그럴 필요는 없었지요. 실제로 나 스스로가 겁나는 일이기도 했습니다.

그래서 회의가 없을 때는 아예 호텔 방에서 덩그러니 천장만 쳐다보며 누워 있었습니다. 마치 성(城) 안에 갇힌 공주가 된 기분으로 말입니다. 그러니까 주최측이 마련한 쇼팽의 생가 관광을 다녀온 것을 빼놓고는 매일 그렇게 갇혀 있었던 셈이지요.

그런데 그가 와 주고, 시내를 안내해 주고, 자기 집에 데리고 가서 부인을 인사시켜 주고, 그의 집에서 저녁을 같이 했던 것입니다. 얼마나 큰 행운이었겠습니까!

율코프스키 교수가 호텔로 오기로 한 토요일에 나는 약속한 시간보다 한 시간이나 일찍 로비로 나와 앉아 있었습니다. 호텔 밖에는 심심치 않을 정도로 사람들이 지나다니는 것이 보였습니다. 길

건너에는 광장이 있고 그 둘레에 있는 건물에는 붉은 깃발들이 꽂혀 있는 것으로 보아 관공소 건물인 듯 했습니다. 그런 광경이 눈에 들어오는 유리문 밖을 내다보고 있는데 한 남자가 꽃을 들고 지나가고 있었습니다. 그 남자는 얼마를 걷다가 다시 뒤돌아서서 호텔 쪽으로 걸어오는 것입니다.

나는 그 사람이 율코프스키 교수와 아주 비슷하다는 생각이 들었습니다. 그러나 그렇다는 확신을 가지지 못하면서 그를 보고만 있었습니다. 왜냐하면 그가 율코프스키 교수라면 나를 만나러 호텔 안으로 들어와야 할 텐데 전혀 그럴 기미를 보이지 않고 호텔문 밖에서 걸어갔다간 다시 되돌아와서 걸어오고, 그러다간 또 걸어가곤 하고 있는 것이 아니겠어요? 손에 꽃묶음을 든 그 사람은 그렇게 여러 번을 되풀이하고 있었습니다.

그러자 그가 틀림없이 내가 기다리고 있는 율코프스키 교수라는 생각이 들어서 나는 호텔 유리문을 힘차게 밀고 밖으로 뛰어나갔습니다. 그때 막 꽃을 든 신사가 호텔 쪽으로 오고 있어서 그와 마주쳤습니다.

"프로페서 율코프스키!"

"미세스 리!"

그와 나는 동시에 그렇게 소리 내어 불렀습니다. 영화 속의 장면 같지 않습니까?

어떻든 서로 반갑게 인사를 나누었지요. 그런데 말입니다. 글쎄, 그가 호텔 밖에서 왔다 갔다 했던 이유는 약속시간을 맞추기 위해서 그랬다는 것입니다. 약속시간보다 미리 나타나는 것도 구라파에선 신사의 평점에 흠이 되는 모양이지요? 그러니 그 시간을 못 참고 뛰어나간 나는 숙녀는커녕 신사가 하는 일까지 망쳐 놓은 셈이 된 거지 뭡니까.

그는 손에 들고 있던 꽃을 나에게 주었습니다. 그것은 분홍빛 장미꽃들이었습니다.

"구라파 남자들은 참 멋이 있구나!"

여자들을 이렇게 기쁘게 해줄 줄 아는 남자들. 그들에게 있어서 그런 것은 몸에 밴 일상의 일이겠지만 한국의 여인에게는 마냥 부럽기만 한 것이었습니다.

율코프스키 교수는 나에게 바르샤바 시내를 안내하겠다며 밖으로 나가자고 했습니다. 내가, 당신 나라와 국교가 없는 나라 사람이라 보안에 걱정이 된다고 하였더니 다정한 웃음을 지으면서 말하더군요.

"미세스 리, 걱정하지 마세요. 내가 있지 않습니까? 여기는 폴란드입니다."

자기 나라, 폴란드의 안전성에 대해 그토록 긍지를 갖고 있는 그의 모습이 얼마나 미덥고 존경이 가던지요. 한편, 그가 마치 성

안에 갇힌 공주를 구하기 위하여 붉은 망토를 휘날리며 흰 말을 타고 온 기사(騎士) 같다는 생각도 들었습니다.

율코프스키 교수의 안내를 받으며, 나는 코페르니쿠스의 동상 앞에서 사진도 찍고, 옛 왕궁도 가보고 그리고 오래된 성 십자가성당 안도 들어가 보았습니다. 그는 바르샤바의 올드타운에 나를 안내했습니다. 돌조각으로 포장된 좁은 골목 안 곳곳에서 젊은이들은 기타를 치며 노래를 부르고, 그리고 춤을 추면서 마냥 젊음의 열기를 뿜어내고 있었습니다. 그날이 토요일이라 젊은이들이 많이 나와 있다고 합니다.

"우리가 젊었을 때는 저렇게 놀 수가 없었습니다. 제2차 세계대전 당시 독일에게 점령당한 조국을 구하려고 바르샤바에서는 시민들이 봉기하였지요. 그때 우리 학생들은 시민군에게 탄약과 총알을 공급하느라고 필사적이었습니다. 지하 통로를 파서 밤이면 땅 속을 기어 다니며 무기를 날랐답니다. 결국 봉기는 실패로 돌아가고 많은 시민들만이 희생당했지요. 나의 친구들도 여럿이 죽었습니다. 우리가 지금 걸어온 길도 내가 탄약통을 끼고 기어 다녔던 지하굴이 있었던 곳이지요."

그는 잠시 멈췄다가 말을 이었습니다.

"한국하고 폴란드는 남의 나라에 점령당하고 조국을 잃었던 같은 경험의 역사를 가진 나라입니다. 그래서 나는 한국에 대해서 친근감을 갖고 있습니다."

그의 말에 나는 잠시 숙연해졌습니다. 그의 친구들이 죽었다는 땅 위를 걸으면서 그런 말을 들어서이기도 했겠죠.

올드타운 골목길을 걷고 있는데 갑자기 빗방울이 떨어지기 시작하였습니다. 소나기인 것 같았습니다. 그는 조그만 찻집으로 나를 안내했습니다. 그곳에는 비를 피하여 우리보다 먼저 들어온 사람들로 앉을 자리가 없었습니다. 우리는 다른 찻집을 찾았습니다. 그곳엔 다행히 깊숙한 안쪽에 의자 두 개가 비어 있었습니다. 의자래야 엉덩이만 걸칠 수 있는 의자이고, 테이블은 마주 앉은 사람과 코가 닿을 것 같은 그런 분위기의 찻집이었습니다.

찻집의 음악은 요란한 서구의 팝송이었습니다. 사회주의 국가에서는 이런 서구의 팝송을 퇴폐적이라고 해서 금지시키는 줄 알았는데 그렇지 않은 것에 의아했습니다. 이 나라에서는 문화나 예술에 있어서는 이념이 다른 나라의 것이라고 해서 금지시키고 있지는 않는 모양이었습니다.

내가 그런 생각을 하고 있는 것을 알고 있기나 한 듯 율코프스키 교수는 폴란드 사회에 대해서 이야기를 시작했습니다.

"지금 폴란드 국민은 자유를 찾기 위해서 온 국민이 '솔리다리티' 운동을 전개하고 있지요. 어떻게든지 사회주의 탄압에서 벗어나기 위한 자유노조와 연대투쟁을 하고 있는 중입니다."

그는 윗도리에 꽂은 노란 배지를 보여 주며 거기에 쓰인 글씨가 폴란드어로 '솔리다리티(Solidality)'라고 하였습니다. 그는 대학의 솔리다리티운동을 이끌고 있는 지도교수 중의 하나라고 말하면서 이번에 포즈난에 다녀온 것도 그 일 때문이었다고 말해 주더군요.

찻집에서는 이런 일도 있었습니다. 우리가 이야기를 하고 있는데 꽃바구니를 든 사내아이가 내 앞에 와서 작은 꽃묶음 하나를 내미는 것이었습니다. 나는 사내아이에게 사지 않겠다고 머리를 옆으로 저었지요. 그랬더니 사내아이는 율코프스키 교수에게 무언가를 말하더군요. 그것은 꽃을 사라는 말 같지는 않았습니다. 그러자 율코프스키 교수의 표정이 별로 좋지 않아지는 것을 느꼈습니다. 사내아이가 또다시 나에게 꽃을 내미는 것이었습니다. 그제야 율코프스키 교수가 나에게 말했습니다.

"그 꽃을 받으세요. 저기 앉아 있는 청년이 이 꽃을 당신에게 보내는 거랍니다."

나는 일러주는 대로 꽃을 받고는 그 청년을 향해 고맙다는 인사를 표정으로 보냈습니다. 그리고는 폴란드에서는 보통 이렇게 하는 거냐고 율코프스키 교수에서 물었습니다.

"남자와 함께 앉아 있을 때는 이러는 것이 아닌데 아마 당신이 여행자라는 것을 알고 환영의 뜻으로 보낸 모양입니다. 그렇더라도 원래는 당신과 함께 있는 나에게 먼저 양해를 얻고 꽃을 보내야 하는 겁니다. 아무 말 없이 이러는 일은 온당한 일이 아니지요. 젊은이라서 그냥 두는 겁니다. 이 자리에서 내가 항의를 하게 되면 시끄러워지기도 할 테고—. 그렇지만 내가 기분이 좋을 순 없죠."

그는 이렇게 말하고는 조용히 웃더군요.

나는 그의 마지막 말이 그가 공연히 앞에 앉은 나를 즐겁게 해 주기 위한 구라파 신사의 제스처라고 생각하고 그런 표현도 나쁘지 않다고 생각했습니다. 왜 그런 것 있지 않습니까? '나하고 같이 앉아 있는 여자에게 왜 네 놈이 끼어든단 말이냐?' 이런 뜻으로 말입니다.

그날 저녁 율코프스키 교수는 자기 집으로 나를 데리고 갔습니다. 저녁 식탁에서 그는 찻집에서 있었던 이야기를 화제로 올리더군요.

"한 청년 때문에 내가 얼마나 불쾌했던지…."

나는 그가 식탁의 분위기를 즐겁게 해 주려고 그 말을 하는 줄 알았습니다. 그러나 율코프스키 교수가 그 젊은이에 대해서 기분 나빠했던 것은 나를 기쁘게 해 주기 위한 말이 아니라 신사도를 지킬 줄 모르는 자기 나라 젊은이의 버릇없음에 대한 불쾌의 감정이었던 것임을 알았습니다. 내가 잠시나마 누렸던 바르샤바 올드타운에서의 행복의 감정은 완전히 혼자만의 일장춘몽이었던 것입니다.

저녁식탁 자리에는 율코프스키 교수의 제자 부부와 아들 부부 그리고 부인이 함께 였습니다.

〰 선물로 받은 옛 타이프라이터
－미국 보즈멘에서

Q씨, 미국 몬타나주에 갔을 때의 얘기를 들려 드립니다.

연초에 셀리아(Cellia)라는 여성에게서 새해 카드를 받으니까 문득 그때 생각이 나서입니다. 셀리아는 보즈멘(Bozmen)이라는 도시에서 내가 사흘 밤을 묵었던 집의 부인 이름입니다. 그때, 몬타나(Montana)주에 있는 보즈멘에 다녀와서 쓴 메모장에 이런 이야기가 적혀 있더군요.

프렌치(Prench) 씨에게 그가 듣고 싶어 하던 한국에 대한 이야기를 더 많이 들려주지 못하고 돌아온 것이 아쉽다. 그것은 동양과 서양이라는 문화의 차이를 설명하는 것이 쉬운 일이 아니어서가 아니라, 그보다는 엄청난 크기의 땅에서 사는 그 나라 사람과의 공통의 관심거리를 찾기에는 우리의 일정이 너무 짧아서였다. 그러나 진정으로 한국이라는 나라를 알고자 하는 프렌치 씨의 관심에는 적지 않게 감명을 받았다. 이번 몬타나주 여행에서, 첫 번째 민박 가정인 에이본(Avon)시(市)에서의 헨슨(Henson) 씨네와 두 번째인 보즈멘의 프렌치 씨네 가정에서 똑같이 느끼고 돌아온 것은 그 사람들은 매일 매일을 신에게 감사하는 마음으로 살고 있다는 것이었다.

Q씨, 몬타나에 가기 전에 미국을 여행하였을 때는 그저 미국이라는 거대한 나라가 갖는 부의 힘에 놀라움만을 느꼈을 뿐 그 나라 사람들에 대해서는 잘 알지 못하였습니다. 그런데 그들의 집에 묵으면서 함께 지내면서 느낀 것은, 그렇게도 부지런하고 검소하고, 그리고 가족과 이웃과 나라를 사랑하는 일을 다하며 살고 있다는 것을 알게 된 것입니다. 그러면서도 매일매일을 신에게 감사하는 마음으로 살고 있는 그들에게 말할 수 없는 존경의 마음을 갖게 되었다는 것입니다.

Q씨, 에이본이란 도시에서 사흘을 지내고 다음에 보즈멘이란 도시로 갔습니다. 보즈멘에선 프렌치 씨 집에서 묵게 되었습니다. 그러니까 연초에 카드를 보낸 셀리아 여인의 남편이지요. 프렌치 씨는 건축가였습니다.

부인 셀리아는 남편이 아주 무뚝뚝하고 말이 없는 사람이라는 이야기를 그녀의 집으로 가는 차 속에서 들려 주었습니다. 손님인 내가 혹시 남편에 대해 재미없어 할까 봐서 미리 얘기를 한 것 같았습니다. 그러면서, 남편의 설계를 주부들이 좋아해서 이 동네 집들은 거의 남편이 설계한 집이라는 자랑도 잊지 않았습니다.

셀리아는 나와 동갑의 나이였는데도 아주 앳되고 상냥한 여성이었습니다. 그녀는 언제나 웃으면서 나에게 많은 말을 해 주곤 해서 오래 전부터 친했던 가까운 친구같이 느껴졌습니다.

그녀는 식사를 준비할 때도 이야기를 안 하면 노래라도 불렀습니다. 그녀의 부엌에는 피아노가 놓여 있었는데 요리를 하다가도 오븐 속에서 음식이 익는 동안 피아노를 치기도 한답니다. 나는 그녀의 흥을 맞추기 위해서 못하는 노래 대신에 발레 동작을 흉내내며 춤을 추어 보였습니다. 그러면 그녀는 기분이 좋아서 피아노 대신에 오디오 음악의 스위치를 누르고는 나보다 더 큰 동작으로 춤을 추는 것입니다.

상상을 해 보세요. 두 여인이 저녁 준비를 하다 말고 팔과 다리를 옆으로 위로 저으면서 발레 춤을 추는 모습이 얼마나 가관이었겠어요. 저만치 소파에 앉아서 책을 보고 있던 그녀의 남편 프렌치 씨는 마침내 웃고 마는 것이었습니다. 결코 싫은 것이 아니라 아주 즐기고 있는 것 같았습니다. 아무리 무뚝뚝한 남자라도 그런 가관스런 모습의 여성들을 보고는 웃지 않을 수 있겠어요?

그날 저녁 프렌치 씨는 한국에 대해서 나에게 많은 것을 물어보더군요. 그는 결코 무뚝뚝하고 말 안 하는 사람이 아니었습니다. 적어도 그날의 그는 그렇지 않았다는 것입니다.

"나는 내 남편이 이렇게 말을 많이 하는 것을 결혼하고 처음 보았습니다."

부인 셀리아의 말이었습니다.

그들 부부에겐 고등학교에 다니는 아들 둘이 있었으니까 결혼한 지 아마 15년은 되었겠지요. 그녀의 그 말이 설사 조금은 과장된 것이었다 하더라도 그날 그녀가 그토록 행복해 했던 것만은 나에게도 잊혀지지 않는 일이었습니다.

프렌치 씨 부부와 함께 옐로우스톤 국립공원에 간 날은 눈이 펑펑 쏟아져서 앞이 안 보일 정도였습니다. 하늘을 찌르듯 뿜어 올라가는 간헐천(間穴泉)의 물줄기, 그리고 아직도 살아서 부글거리고 있는 지각(地殻)들. 그런 자연 속에서 가끔 큰 뿔이 달린 엘크가 먹이를 찾아 눈길 위에 나와 있어서 프렌치 씨는 몇 번이나 차를 멈춰야 했습니다.

프렌치 씨 댁을 떠나는 날 아침 일찍, 셀리아가 나를 보자마자 이야기했습니다.

"당신이 자러 간 뒤에, 남편이 밤늦도록 나무 상자를 짰답니다. 당신에게 줄 옛날 타이프라이터를 담기 위한 상자를 짠 겁니다. 우리 집에 온 기념으로 당신에게 그 타이프라이터를 주겠다는 거예요."

나는 너무도 의외의 말에 잠시 말문이 막혔습니다. 프렌치 씨의 할아버지가 쓰시고, 그의 아버지 그리고 프렌치 씨가 어려서 그것으로 타자 치는 것을 배웠다는 언더우드 이름의 옛 타이프라이터를 기념으로 준다는 것이 아니었겠어요. 전날 그것을 보고 내가 좋아했더니 말입니다.

프렌치 씨는 웃으면서 타이프라이터가 들은 나무 상자를 두 손으로 들고 왔습니다. 그리고는 타자로 몇 줄의 글이 적힌 흰 종이 한 장을 주었습니다.

이 타이프라이터는 미세스 이경희에게 주는 선물입니다. 이것의 값은 단지 5불입니다. 잭 프렌치.

한국에 입국할 때에 세관원에게 보여야 될 일이 있을지도 몰라서 썼다는 것이라는군요.

그 후, 프렌치 씨의 부인 셀리아에게서 매년 연말이면 카드가 왔습니다. 그러다가 어느 해인지 카드가 아닌 한 장의 편지가 왔습니다.

"남편, 잭이 저 세상으로 갔습니다. 당신이 우리 집에 와서 지냈을 때가 우리 가족에게 있어서 가장 행복했던 순간이었습니다…"

얼마나 슬픈 소식입니까? 그토록 건장한 체격과 잘 생겼던 잭 프렌치 씨가 세상을 떠났다니! 그 소식은 오랫동안 나에게도 슬픈 일로 남아 있었습니다.

그런지 몇 년 후에 그녀에게서 또 한 장의 편지가 왔습니다. 편지에는 재혼을 하였다는 이야기가 쓰여 있었습니다. 그 후부터 그녀는 셀리아 프렌치가 아닌, 셀리아 우드라는 이름으로 카드를 보내옵니다. 연초에 온 카드에도 '셀리아와 빌 우드', 이렇게 되어 있었습니다.

∾ 플라멩코와 스페인
　　－ 스페인 마드리드에서

Q씨, 마드리드의 좁은 골목길에 들어설 때마다 나는 문득 이상한 전율감(戰慄感)에 사로잡히곤 하였습니다. 문화영화나 관광포스터에서 본 그 검은 투우 떼가 나를 향해 달려올 것 같아서였습니다.

영화에서 소 떼에 쫓겨 도망치는 사람들의 모습은 그렇게도 흥겨웠는데 지금은 그렇지가 않습니다. 영화에선 늘 2층 베란다의 안전지대에서 구경시켜 주지만 지금 내가 걷고 있는 골목길은 완전히 무방비 상태여서 말입니다. 웃으실 테지만 애들의 뛰어오는 소리에도 얼핏 뒤돌아보곤 한답니다.

그러나 Q씨, 나는 스페인에서 투우 구경을 할 생각을 하지는 않습니다. 그래서 지금 이곳에서 투우를 하는지 안 하는지, 전혀 알려고 하지를 않습니다. 항상 약한 소 쪽이 죽어가고, 죽인 쪽이 환호를 받는 그런 잔인한 쇼가 싫어서입니다. 그런 것은 기록영화로도 너무나 충분합니다.

비겁하게도 사람들이 정면 대결은 하지 않고, 쫓기면서 상대에게 약을 올리는 싸움! 그래서 지쳐 버리는 검은 소의 두 눈-. 나는 늘 그 두 눈동자가 슬펐습니다. 투우사(鬪牛士)의 예리한 비수가 자기의 심장을 겨누고 서있는 것도 피할 수가 없이 지쳐 버린 소의 모습, 그런 것을 목격할 용기는 없습니다. 혹, '카르멘'이란 여자를 내가 좋아하고 있다면 그것은 나에게 없는 이런 독성에 대한 향수 때문일는지는 모르지요. 잔인해서 싫다고는 하면서 그림엽서는 마음껏 투우장의 광경이 있는 것을 골랐습니다.

사람이란 이렇게 간교한 데가 있군요.

Q씨, 구라파에서 오래간만에 맑고 개인 날을 맞이했습니다. 검은 빛깔의 옷만을 상상했던 것과는 달리 이곳 여인들은 아주 밝은 원색의 옷들을 입고 있었습니다. 그런데 이 스페인이 낯선 느낌이 들지 않는 것이 이상합니다. 그래서 그 사고(思考)의 출처가 어딘지 더듬어 보았습니다.

그렇군요. 그것은 고 안익태(安益泰) 선생 때문인 것이 확실합니다. 이번 여행에서 이곳을 들르려고 처음부터 계획했던 이유의 하나도 그 때문이었습니다. 국교가 어떠하니 친교가 어떠하니 하는 정치적인 힘보다 개인 한 사람의 힘이 이렇듯 위대함에 새삼 감격과 다행함을 느낍니다. 특히 피의 연결이 이처럼 스페인에 대해 다정한 감정을 갖게 하는 것에도 놀라움을 느낍니다.

Q씨, 나는 여기서 안익태 선생의 막내딸, 레오놀 안(Leonor 安) 양의 이야기는 다시 하지 않기로 하겠습니다. 그것은 이미 우리의 신문에 실렸던 이야기니까요. 그저 나는 먼 나라에 찾아와, 외모는 다르나 그 아버지가 한국인이란 그 하나의 사실만으로 느껴지는 애정—, 그 진한 사랑의 감정을 느꼈던 신비함을 영원히 잊을 수 없다는 것을 이야기하고 싶습니다.

이곳에서 만난 미스 김 이야기를 해야겠습니다. 능통한 스페인 말을 하는 마음씨 고운 아가씨였습니다. 아르헨티나 이민에서 이곳으로 옮겨 왔다는 그의 가족은 오빠가 이곳에서 태권도 도장을 가지고 있었습니다. 그들의 도장까지 나는 따라 갔었지요. 우리 대사관에서 얼마 멀지 않은 곳에 있는 2층인가, 3층인 빌딩이었는데 그것이 그들의 건물이라는군요.

'김 도장(道場)'이라고 크게 쓰여 있는 도장 안에는 태극기가 자랑스럽게 걸려 있었습니다. 모든 구호나 명칭이 우리말이었다는 것도 물론 가슴 설레게 하는 일이었지만 얼굴이 다른 그 나라

청년이 별로 체구가 크지 않은 미스 김의 오빠 앞에서 수강신청을 하고 있는 모습을 보았을 때 왜 그렇게 기분이 유쾌했는지 모릅니다. 이런 광경은 어느 나라에나 있는 우리 태권도 도장의 공통적인 풍경일 것입니다. 그러나 내가 여기서 새삼스럽게 느낀 것은 인격이 갖춰진 성실한 한국 남자는 외국인 남자 속에서도 그렇게 뛰어나 보일 수 없다는 사실이었습니다. 그래서 공연히 한국말로 하는 그 구호나 호칭들이 미안하고 고맙다는 차원을 넘어 당연하다는 생각이 들게까지 된 사실입니다.

에스파냐 광장의 '돈키호테' 동상도 일부러 보러 갔었습니다. 정말은 아니면서 소설의 주인공이었다는 사실만으로 정말로 있었던 일인 양 동상까지 세우고 하는 일―, 나는 이런 것을 직접 목격하기 전에는 우스꽝스럽게 생각했었지만 정작 그 앞에 서니까 세르반테스의 그 '돈키호테'와 그리고 그의 충실한 부하 '산초'의 이야기가 그리도 의미 있게 떠오를 수가 없었습니다.

역시 작가란 위대한 힘을 가졌다는 것을 실감합니다. 실존하지 않아도 그것은 하등에 관계할 것은 못 되는군요. 그들은 말과 당나귀를 타고 당당히 우리를 내려다보고 있었습니다. 우리도 소설 속의 인물을 이렇게 구체적으로 형상화시키고 싶다는 생각을 했습니다. 말하자면 ≪렌의 애가(哀歌)≫의 렌을, 또는 ≪상록수(常綠樹)≫의 채영신과 박동혁 같은 인물을 말입니다. 이 같은 사랑의 참다움을 아는 한국인의 상을 나는 서울 네거리 한 모퉁이에 세워도 괜찮을 거라고 생각했습니다.

사실 우리의 시인이나 소설가들이 너무도 외국에 알려져 있지 않은 것이 안타깝습니다. 국내에선 유명 시인이고 소설가인데 일단 김포공항을 뜨면 그것은 잡화상회 주인인지, 마차 끄는 아저씨인지 몰라 주거든요. 왜 그렇죠? 우리는 너무나도 우리 스스로를 알려줄 줄 모르고 있습니다. 그러면서 남의 나라 것을 알기에는 지나친 성의를 베풀고 있는 것 같습니다.

나는 이미 다 잊은 그 '돈키호테' 앞에서 혼자 지껄였습니다.

"아! 정말, 나는 스페인보다 돈키호테를 더 먼저 알았었지…. 그리고 앞으로도 역시 돈키호테는 스페인보다 더 똑똑히 기억에 남을 거야—."

Q씨, 스페인까지 와서 플라멩코를 구경하지 않고 돌아갈 수 있겠습니까? 나는 미스 김에게 부탁해서 플라멩코 춤을 볼 수 있는 곳을 안내 받았습니다. 사실이지 이런 곳에 여자 둘이서만 간다는 것은 구라파 사회에선 자칫 우리를 보는 눈이 다를 수도 있겠지만 여행하면서 매번 그런 것까지 신경 쓸 순 없는 일이지요.

플라멩코 전문집의 맥주 값은 어지간히 비쌌습니다. 아마도 테이블 차지가 포함되어서였겠지요.

우리는 맨 앞자리에 앉았었지요. 앞에 앉으면 춤추기 위해 순번을 기다리고 앉아 있는 무희(舞姬)들과 마주 앉게 되어 그들의 얼굴을 똑똑히 볼 수 있어서였습니다. 그들은 프릴이 가득 달린 긴 드레스를 차려입고 까만 머리에는 정열적인 붉은 꽃을 달고 있었습니다.

이왕 돈 내고 들어온 것, 또 보이기 위해 죽치고 앉아 있는 무희들—, 그래서 아주 뚫어지게 봐 주었지요. 내가 사람 얼굴을 이렇게 쳐다보기는 처음인 것 같았습니다. 정말 잘 생겼더군요. 아니 매력적이랄까요? 그렇군요. 요염하다는 표현이 낫겠군요. 그토록 모두들 예쁘고 정열적으로 생겨서 남자 아니더라도 반할 것 같았습니다.

Q씨, 용서하세요. 이런 얘기를 늘어놓고 있는 것을—.

여자란 모두 이런 젊음 앞에서는 무력해집니다. 한때 활짝 피면 그만인 그 젊음까지가 전부인 거니까요. 그 다음부터는 지금 내가 하듯 이렇게 멀찌감치 물러앉아 그때를 찬양하고 멋대로 의미를 붙여 보는 통속녀(通俗女)로 변하는 거죠.

춤은 계속되었습니다. 앞에 앉은 무희들이 한 사람씩 순번대로 무대 한가운데로 나와 솔로 춤을 추었습니다. 굽 높은 구두로 강한 발 박자를 내며, 동시에 손뼉과 캐스터네츠의 열정적인 리듬과 함께 춤을 춥니다. 나는 그 열띤 춤과 호흡에 가슴이 두근거렸습니다. 춤 감상은 차라리 뒷좌석이 좋았을지 모른다는 생각이 들 정도였으니까요. 더욱이 춤추는 무희 곁에서 흥을 돋우며 뭐라고 소리를 지르는 남자 무용수들의 기성(奇聲)——. 과연, 플라멩코의 본고장에 왔다는 실감이 드는 그런 뜨거운 분위기여서 여행자인 나에게 한결 충족감을 느끼게 했습니다.

Q씨, 나는 춤을 출 때는 으레 웃는 것인 줄 알았는데 플라멩코 춤을 추는 아가씨들은 웃질 않더군요. 우리 한국 춤에서 나는 그렇게 교육 받았는데 플라멩코 춤은 얼굴 양미간에 주름이 길게 패이도록 슬픈 표정을 지으며 춤을 추는 게 아니겠어요. 너무도 인상적이었습니다. 하나하나의 춤 동작이 그렇게 힘들게 보일 수 없었습니다. 아니, 금방이라도 울음을 터뜨릴 것 같은 표정이어서 우리의 춤과는 너무도 대조적이고 너무도 진지한 느낌이었습니다.

나는 옆에 앉은 미스 김에게 남자 무용수들이 지르는 저 소리가 도대체 무슨 뜻이냐고 물었습니다.

"죽도록 사랑한다!"

"나를 버리지 말아다오!"

"나에게 키스를!….."

대강 이런 뜻의 말이라는 것이었습니다. 그제야 알 것 같았습니다. 흥겨워 추는 춤이 아니고 사랑을 전제로 하고 추는 춤이니까 그럴 테죠. 소름이 끼치도록 흠뻑 젖어드는 구경이었습니다.

갑자기 나는, 아무도 날 말릴 사람이 없었다면 한바탕 춤이라도 춰 봤으면 하는 충동을 느꼈습니다.

무대 위의 남녀 무용수들이 아직도 춤의 순서를 기다리고 있는 것을 보면서 우리는 자리에서 일어났습니다.

∽ 어릿광대와 창녀(娼女)와
　-암스테르담에서

Q씨, 꽃밭이 끝나는 데서부터 운하는 흐르고 운하 다음은 촌락과 목장―. 네덜란드의 인상은 그저 이런 연속의 화첩을 뒤지는 것 같았습니다.

평화라는 것과 근면의 실체를 꽃밭과 운하로서 연결시켜 '잘 산다'는 의미를 생각하면서 버스 창밖을 내다봅니다.

풍요라는 말은 여기에 해당될 수는 없지요. 그것은 미주(美洲) 대륙의 것, 우리와 같이 좁은 면적의 땅과, 그 땅에서 열심히 사는 사람들의 근면에서 얻어지는 진상이 아니고서야 이 '잘 사는' 나라의 참뜻을 깨달을 수 있겠습니까.

운하를 끼고 도시가 서고, 아니 도시로 운하가 지나간다고 해도 좋습니다. 짐 실은 큰 배도 지날 수 있어 편리할 거고. 유람선도 오가니 낭만도 있고, 이런 것을 못 봐 온 한국의 여자는 계속 부러운 이유만을 생각해 냅니다.

Q씨, 그럴수록 더욱 저는 저를 의식하게 되는군요. 운하 옆에서 저는 사진 한 장을 찍어 봅니다.

암스테르담 관광 코스엔 창녀촌도 들어 있었습니다. 저는 창녀에 대한 불결감이 여성들의 증오의 감정과 연결된 것이었음을 뉘우치면서 새삼스러운 느낌으로 그곳을 구경하였습니다. 그리고 여행하는 남자들은 얼마나 좋을까 하는, 진정 동경의 마음으로 젊은 육체의 여인들을 감상하였습니다.

불 꺼진 창도 군데군데 있었습니다. 그 창 속이 그처럼 호기심을 끌 수 없군요.

신사 숙녀들이 모두 잠시 그런 창 속을 들여다 봅니다. 저도 돈 낸 값을 다 치른다는 기분으로 그 속을 들여다보았습니다만 속상하게도 아무것도 보이지 않았습니다.

운하를 사이에 두고 뻗어 있는 홍등가. 그 촘촘히 끼어 있는 작은 문 앞에, 혹은 장식창 안에, 그들은 손님을 부르기 위해 모두들 차려입고 저마다의 특징을 과시하면서 포즈를 취하고 있었습니다.

그녀들은 스스로 자기가 하나의 자랑스러운 상품임을 자처하니다. 그리고 우리들은 그 중에서 보다 나은 것을 고르는 손님이구요. 이런 것밖에 여기에 여자로서의 다른 감정이 삽입되지 않는다는 것이 저 자신 이상하였습니다.

그것은 아주 정화된 사랑의 감정이었습니다. 특히 우리의 안내양은 건강하고 발랄한 아르바이트 여대생이었어요. 신념 있는 그의 설명과 소개가 더욱 저에게 이 상품들을 사랑스럽게 하였습니다.

사실 이들은 이 나라가 내세우는 자랑스러운 물건(?)들입니다. 진실이 너무 적나라하게 나타날 때 우리는 당황합니다. 그러나 그 솔직함은 존경스러울 수 있습니다. 암스테르담의 창녀촌은 그런 데에 속합니다.

"하룻밤을 충분히 지내는 데 얼마입니다. 한 시간은 25길다이구요. 청결을 보장하며, 미녀의 서비스는 완벽합니다."

아라네라는 이름의 아르바이트 여대생은 아주 운치 있는 표현으로 이렇게 소개합니다.

딸을 가진 나, 한 사내의 아내인 나, 저는 정직히 이런 연대적 감정의 갈등과 싸우면서 거짓 없는 동물이 되어 보곤 하였답니다.

저는 새삼스럽게 '직업'이란 이름의 위대한 힘을 깨달았습니다. 직업엔 귀천이 없다는 말을 실제 눈앞에 보는 느낌이었으니까요. 그것은 그저 엄숙한 것. 그리고 처절한 것뿐입니다. 문학이나 예술인들 그렇지 않습니까? 그 창녀 중 누군가가 그렇게 말할 수 있을 것 같았습니다.

제가 서구적 직업의식의 철저함에 머리 숙인 사례는 이것뿐이 아니었습니다.

한 나이트클럽에서 늙은 피에로 부부의 쇼를 보았습니다. 한눈에 이들은 이것으로 늙은 사람들임을 알 수 있었습니다. 그만큼 거의 완숙한 재주를 가진 어릿광대였습니다.

어릿광대의 애수 띤 독특한 분장. 그것부터에서 저는 웃음을 참을 수 없었습니다. 노상 바이올린을 가지고 하는 쇼였습니다. 귀에 익은 명곡을 아주 제대로 연주하여 그것만으로도 관객을 사로잡는 그런 완벽한 솜씨였습니다.

어릿광대가 연주하는 동안 그 허술한 바이올린의 줄이 하나하나 풀어지기도 합니다. 그러는 순간 그의 얼굴은 점점 슬픈 표정으로 변해 가며 하나밖에 남지 않은 줄로 그냥 무슨 곡인가를 켭니다. 그 곡이 그리도 슬플 수가 없습니다. 바이올린 소리는 정말 변함없는 선율로써 저를 매료시켰습니다.

그런데 Q씨, 제가 말하려는 것은 이것뿐만이 아닙니다. 그 뒤에서 남편의 조역을 맡고 있는 부인이, 남편이 하는 쇼를 바라보고서 있는 그 눈빛입니다. 어쨌든 수백 번 수천 번을 했을 그 같은 쇼일 텐데 부인이 그것을 그리도 반해서 볼 수 있을는지요. 저는 광대 구경보다, 황홀한 눈으로 남편의 재주를 바라보고 있는 그

부인의 모습을 더 감명 깊게 구경하였습니다.

참 행복할 거라고 생각했지요. 적어도 그렇게 봐주는 아내 앞에서 재주를 부릴 수 있는 남편, 그리고 그 반해 버릴 수 있는 남편의 재주를 매일매일 볼 수 있는 아내, 정말 볼 만한 구경이었습니다. 재주의 다음은 확실히 예술입니다. 이 광대는 예술을 하고 있었습니다. 누가 뭐래도 그것은 예술이지 재주는 아니었습니다. 영혼이 깃들고 아름다운 세상을 펼치는데 그것이 예술이 아니겠습니까.

저는 이 광대 구경을 하면서 스스로 부끄러움을 느꼈습니다. 재주는 고사하고, 이렇게 직업에 목숨 걸지 못하고 살아온 것에—.

Q씨, 관광버스가 한 술집 앞에 우리를 부려 놓았습니다. 이 나라 특유의 술맛을 보여준다는 거였습니다. 관광객들은 좁은 홀에 들어가 모르는 사람들끼리 서로 얼굴을 맞대고 앉았습니다. 이럴 때 저는 외로움을 느낍니다.

전혀 모르는 이국인들 사이에 저 혼자뿐인 동양인이 그들과 얼굴을 맞대고 바라보고 있어야 한다는 일은 정말 괴로운 일이군요. 그렇지만 멋진 신사나 예쁜 여인과 짝이 되는 경우도 기대 안 되는 것은 아니지요.

여하튼 저의 앞자리에 앉게 된 사람은 체면 없게 보이는 뚱뚱한 할머니 할아버지였습니다. 무슨 동물이나 쳐다보듯 눈을 똑바로 뜨고 저를 보는 게 아니겠어요? 술이라도 빨리 제 앞에 놓여진다면 그 곤혹을 피할 수도 있었겠는데 아무리 기다려도 주문 받으러 오는 사람이 없었어요. 알고 보니 그 술집에는 젊은 청년 혼자서 일하고 있었습니다. 그 청년이 손님 한 사람 한 사람에게 가서 주문을 받고 술을 나르고 하는 거예요. 그러니 제 차례까지 오기가 쉬웠던 건 아니지요.

그런데 더 답답한 것은 그 청년 친구, 조금도 서두르지 않고 여유만만히 다니는 태도였습니다. 마치 오페라 가수처럼, 배에 힘을 주고 콧노래를 부르면서, 마냥 기분을 내며 손님을 대하는 것입니다. 저는 뚱뚱보 할머니 할아버지 앞에 더 앉아 있기도 고역스러웠지만 그 건장한 젊은 청년을 가까이 대할 수 있는 바에 있는 자리가 눈에 띄어 그곳에 가서 걸터앉았습니다. 그리고 청년에게 말을 시켰죠.

"이 가게, 당신 거예요? 혼자서 하세요?"

청년은 주문한 말간 빛의 술을 제 앞에 갖다 놓으면서 말했습니다.

"물론이죠, 제가 주인이죠. 혼자서 하는 거예요."

"그럼 부자시네요."

"뭘요. 돈은 은행에서 빌린 거랍니다. 직장에 다니다 얼마 전에 이걸 시작했습니다."

여기까지는 돈을 얻어 사업하는 우리의 경우와 같을 수 있습니다. 그런데 인상적인 것은 손님이 많이 왔다고 해서 일을 적당히 해치우는 것이 아니라 똑같은 템포와 마음으로 완벽하게 한 가지 한 가지를 하고 있는 모습이었습니다. 저의 생각 같아선 한꺼번에 밀어닥친 손님들 편에서 오히려 적당히 해줄 것을 기대할 정도인데 거꾸로 이 청년은 자기 자신이 그렇게 못하고 해야 할 순서를 다하고 있는 것이었습니다. 이런 술집을 혼자서 끌고 온 이유도 지금 생각하면 바로 그런 배포였을 것 같습니다.

겉만 보고 떠나는 손님에게는 사소한 특징도 오래 기억되는 법인지 모릅니다만 어떻든 이런 완벽한 직업 정신은 저를 매혹시켰습니다. 하다못해 길가 벤치에 앉아 있는 노인들까지도 제대로 차려 입고 직업적으로 나와 앉아 있는 인상이 우리와는 판이하다는 것을 느낍니다.

이제 고만 써야겠습니다.

안녕히!

∽ 눈물로 들은 그의 조국 찬가

−덴마크 올보르그에서

지도를 그렇게 들여다 보았으면서도 나는 덴마크의 수도 코펜하겐이 육지가 아니라 섬에 있다는 것을 몰랐었다. 구라파대륙 맨 북쪽에 삐죽 올라간 땅이 덴마크이고, 거기에 으레 코펜하겐이 있는 것으로 나는 생각하고 있었던 것이다.

그런데 사물놀이 패거리를 데리고 덴마크 순회공연을 갔을 때 덴마크가 대륙에 붙은 유틀란트 반도와 몇 개의 섬으로 되어 있다는 것을 알았다. 그리고 코펜하겐은 셀란이라는 섬에 있다는 것도—. 모르고 있으면서도 알고 있는 줄 아는 부정확한 지식을 내가 또 얼마나 많이 갖고 있는 걸까?

드레스덴에서 있었던 세계꼭두극페스티벌에서의 공연을 마치고 우리 일행은 코펜하겐으로 갔다. 덴마크의 올보르그와 오르후스, 그리고 코펜하겐, 이렇게 3개 도시에서 공연을 하게 되어 있었기 때문이다. 이 공연들을 마련해 놓은 그곳 천호선(千浩仙) 공보관을 따라 우리는 첫 번째 공연지인 올보르그에 갔다.

"그곳에 가려면 배를 타고 가야 합니다."

천 공보관의 이야기를 듣고서야, 그때 나는 지도를 보고 코펜하겐이 섬에 있다는 것을 알았다.

올보르그에서의 하루를 우리 일행은 호텔에서 유숙하지 않고 한 한국인의 집에서 묵었다. 그것은 정말로 의외의 일이었다. 드레스덴에서의 꼭두극페스티벌과 총회에 참석키 위해 우리 일행은 국립극장의 사물놀이 패거리 네 명, 대금 작곡가이며 연주가인 김영동(金永東) 씨, 그리고 조동화(趙東華), 송정숙(宋貞淑) 두 분의 한국 유니마 이사, 꼭두조정자 오승온(吳承溫), 이렇게 나까지 포함해서 아홉 명이나 되는 대식구였는데 우리들을 꼭 자기 집에서 묵게 하고 싶다고 했다는 것이 천 공보관의 설명이었다.

덴마크에 유학을 왔다가 이 나라 여성과 결혼하고는 그냥 눌러 살게 되었다는 집주인 장우경(張宇炅) 씨는 30대 중반의 나이로 생각보다 조용한 사람이었다. 그가 우리를 데리고 간 곳은 넓은 정원이 깨끗하게 손질되어 있는 집이었다.

"이 집은 우리 집이 아닙니다. 올보르그의 유지인 덴마크 사람의 집인데 여름휴가를 간 동안에 내가 봐주고 있는 중입니다. 이 나라 사람들은 집을 비우는 동안에 사람이 와서 묵어 주는 것을 좋아한답니다."

장우경 씨는 이렇게 말하면서 우리에게 편한 마음으로 지내주기를 부탁했다. 그때 막 밖에서 돌아오는 그의 덴마크 부인과 두 아들을 우리에게 소개했다. 북유럽 사람 특유의 체격과 인상 좋은 얼굴의 부인, 그리고 10살 미만의 영양 좋은 두 아이들의 얼굴이 동양 얼굴이 아니어서였는지 조금 전까지 시끌거리고 있었던 우리는 갑자기 점잖은 손님으로 돌아갔다.

장우경 씨는 집 앞, 얼마 안 되는 곳에 있는 삼림(森林)을 보여준다고 우리를 밖으로 데리고 나갔다.

"덴마크에는 아름다운 삼림이 많습니다. 몇백 년 된 나무들이 볼 만 하답니다. 호수도 많고 바다가 가까이에 있어서 낚시하기도 좋지요."

그를 따라 집 밖으로 나가서 얼마 안 걸으니까 과연 어른들이 팔을 벌려도 안을 수 없을 정도의 큰 나무들이 하늘을 찌르듯이 높게 서 있는 그런 우거진 삼림이 있었다. 우리 모두의 입에서 탄사가 저절로 나왔다. 그 높은 나무 꼭대기에서 햇빛이 땅에 닿는데도 시간이 한참 걸릴 것 같은 그런 거대한 나무숲 사이를 걸으면서 '세상에는 이런 데도 있구나!' 하고 생각했다. 그는 시간이 있을 때마다 이곳을 혼자 산책한다고 했다. 혼자서 산책하면서 무섭지는 않는지? 또 무슨 생각을 하면서 산책할까? 나는 그런 것이 궁금했지만 그에게 묻지는 않았다.

그날 저녁 우리는 장우경 씨와 그의 덴마크 부인이 준비한 갈비 바비큐를 푸른 잔디의 정원에서 내 집에 온 것 같은 기분으로 즐겼다. 삼림 속을 걸으면서 좋은 공기를 실컷 마시고, 맛있는 저녁식사를 마친 사물놀이 패거리와 젊은 일행들은 피곤하다며 일찍 잠자리를 찾아 방으로 들어갔다. 그러나 우리 노장파인 조동화 선생과 송정숙 선생, 천호선 공보관은 오래간만에 고국에서 온 손님을 맞아 기뻐하는 장우경 씨와 포도주로 다시 건배를 하면서 이야기 자리를 벌였다.

"고려대 생물학과를 졸업하고는 낙농학을 공부하러 이곳엘 왔죠. 나 말고 또 한 사람이 같이 공부하러 왔는데, 그는 공부를 마치고 한국으로 돌아갔지만 나는 학교 때 같은 반에 다녔던 덴마크 여학생과 결혼하여 그냥 이곳에 남게 되었답니다. 지금은 소고기 통조림 공장에서 일하고 있습니다. 과장으로 일하고 있지요. 조미 (調味)를 맡고 있습니다."

주로 조동화 선생이 그에게 쉴 새 없이 묻는 질문에 대한 그의 대답들이었다.

"한국 사람인 당신의 입맛으로 이 나라 사람들의 입맛을 맞출 수 있을까요?"

"뭐, 비슷합니다. 별로 다를 게 없지요."

"부인이 한국 사람을 좋아합니까?"

"물론이죠. 어디 이곳 여자들이 대학 졸업한 남자를 쉽게 만날 수 있나요? 올보르그엔 대학이 하나밖에 없답니다. 그런 점에서 나는 조건을 갖춘 셈이지요."

"부인도 일을 하나요?"

"네, 중학교 역사 선생으로 있지요. 그러나 둘이 벌어도 세금을 어찌나 많이 내야 하는지 좋아하는 그림 한 장 못 사고 있어요. 이 나라엔 좋은 그림도 많은데—."

"한국엔 언제 다녀왔나요? 부인이랑 아이들도 데리고 갔었어요?"

"재작년에 가서 부모님께 인사드렸습니다. 덴마크에 온 후 처음으로 간 것이지요."

"외국 여자와 결혼한 것을 후회한 일은 없었어요? 말하자면 한국 여성하고 결혼했으면 하는 생각은 안 해 봤는지!"

마침내 조동화 선생은 제일 궁금했던 것을 그에게 물었다.

"왜요─. 해 봤죠. 그러나 아이들이 크면서 안 하기로 했어요." 하더니, "저 사람도 한국말을 다 알아듣습니다."라고 그는 우리에게 조심의 뜻으로 그렇게 얘기했다. 안주 그릇을 들고 테이블 앞으로 다가오던 부인은 남편의 말을 벌써 알아듣고는 조용히 웃고 있었다.

"한국 생각이 안 나세요? 한국에 돌아와서 사시면 좋을 텐데─." 하였더니, "집사람과 아이들을 위해서 내가 참는 것이 좋죠. 한국 생각이 나면 나는 노래를 부르지요. 김동진 작곡의 〈조국 찬가〉를 부른답니다. 아세요? 이런 노래를─" 하더니 그는 노래를 부르기 시작하는 것이었다.

동방에 아름다운 대한민국 나의 조국/ 반만년 역사 위에 찬란
하다 우리 문화/ 오곡백과 풍성한 금수강산 옥토낙원/ 완전 통일
이루어 영원한 자유 평화/ 태극기 휘날리며 벅차게 노래 불러/
자유 대한 나의 조국, 길이 빛내리라.

목청을 돋우며 〈조국 찬가〉를 부르는 그의 눈에는 눈물이 흐르
고 있었다. 물론 그의 노래를 듣는 우리도 속으로 모두 울고 있었
다. 그의 외로움이 너무도 우리에게 잘 전달되고 있어서였다. 그는
계속해서 2절을 불렀다.

꽃피는 마을마다 고기 잡는 해변마다/ 공장에서 광산에서 생산
경쟁 높은 기세/ 푸르른 저 거리엔 재건부흥 노랫소리/ 늠름하게
나가는 새 세기의 젊은 세대/ 태극기 휘날리며 벅차게 노래 불러/
자유 대한 나의 조국 길이 빛내리라.

얼마나 많이 불렀으면 가사 한 줄 틀리지 않고 우리 앞에서 그토
록 소리 높여 부를 수 있는지! 그의 노래는 노래라기보다 조국에
대한 그리움의 절규였다.

그의 부인은 어느새 방으로 들어갔는지 보이지 않았다.

"아이들을 내일 일찍 학교에 보내야 하니까 그 사람은 먼저 들어간 것입니다."

그는 부인이 안 보이는 설명을 우리에게 말했다. 우리도 내일 있을 공연을 위해 자리에서 일어났다. 이미 시간은 오늘이 아니고 내일로 넘어가 있었다.

아침에 일어나니 부엌문 앞에 하얀 쪽지가 붙어 있었다. 그가 써 놓고 간 쪽지였다.

"회사 출근 시간 때문에 먼저 나갑니다. 냉장고 안에 아침 식사거리가 들어 있으니 꺼내 잡수세요. 어젯밤엔 즐거웠습니다. 좋은 여행하고 돌아가시기 바랍니다. 여기 부엌문 열쇠를 두고 가니 잠그시고 바닥 매트 아래 넣어 주십시오."

우리는 쓸쓸한 마음으로 빈 집을 나왔다.

"너무도 감사했습니다. 서울에서 꼭 다시 만나 뵙게 되길 바랍니다."

나는 나의 집 주소와 전화번호도 함께 적어 넣고 그의 쪽지가 붙었던 자리에 붙여 놓았다.

그가 우리들을 자기 집에서 함께 지내자고 했던 이유를 나는 알고도 남았다.

분명 그는 애국자였다.

'쿠바의 항구엔 노래가 있다네. 그곳의 여인들은 아름답다네'

-쿠바 아바나에서

아바나에서의 마지막 날 밤, 저녁식사를 위해서 나는 또 한 번 플로디디타를 찾아갔다. 헤밍웨이가 즐겨 다녔다는 카페 레스토 랑이다. 택시기사 안토니오 씨에게 안내 받아 함께 갔을 때 "이 집은 음식 값이 비싸요."라고 두 번을 강조해서 말했지만, '그래, 비싸면 얼마나 비쌀까. 비싼 집 플로디디타에서 우아하게 혼자서 저녁을 먹어보자.' 해서 간 것이다.

"혼자세요?" 웨이터가 그것부터 물었다. "그래요." 웨이터는 가 운데에 있는 기둥 옆 테이블로 나를 안내했다. "자리가 마음에 드 시는지요?" 젊은 웨이터는 의자를 밀어주며 나를 앉혔다. 넓지는 않지만 식당 안은 고전적 분위기를 느끼게 하였다. 창문에는 붉은 색 비로도 커튼이 육중하게 드리워져 있고 벽에 걸려있는 대형그 림과 높은 천정에는 큼직한 샹들리에가 내려져 있다.

메뉴를 테이블 위에 놓고 갔던 웨이터가 잠시 후 다시 와서 묻는 다. "세뇨라. 무엇을 마시겠습니까?" 나는 다이퀴리를 달라고 했 다. 호텔 청년이 플로디디타에 가면 다이퀴리를 마시라는 이야기를 듣고 갔기 때문에 고심하지 않고 주문할 수 있었다. 주문한 음식을 기다리는 동안 웨이터에게 이 집의 비즈니스 카드가 있는지를 물었다. 그랬더니 의외로 큼직하고 인쇄가 잘된 팸플릿을 가져다 주는 것이 아닌가. 특급호텔의 관광안내소에서도 아바나의 시내 지도 하나 구비해 놓고 있지 않았는데 레스토랑 플로디디타의 안내 팸플릿은 서방의 것보다 화려하게 만들어져 있었다. '다이퀴리의 요람, 레스토랑 바 플로디디타'라고 쓰인 겉장에 헤밍웨이가 이곳에 와서 스펜서 트레이시, 게리 쿠퍼 등 유명배우와 함께 찍은 큰 사진 등으로 인쇄되어 있었다. 헤밍웨이의 소설 중에 다이퀴리를 마시는 구절도 나와 있다. "세계 어느 곳에서도, 똑 같기는커녕, 이보다 더 좋은 술은 없다. 허드슨은 유리잔 가에 잔뜩 성에가 낀 얼음가루가 섞인 다이퀴리를 한 잔 더 마시면서, 얼음부스러기가 남아있는 바닥의 투명한 유리를 들여다보면서 바다 생각을 했다." 〈멕시코 만의 섬들〉이란 작품에 나오는 구절인 모양이다. '다이퀴리의 요람'임을 내세우고 있는 이 식당은 헤밍웨이 소설에 나오는 이 한마디 구절 때문에 아바나에 온 관광객들이 빠짐없이 들르고 있다. 미국이 질색을 하면서 막고 있는 쿠바의 관광수입의 증가를 미국인인 헤밍웨이 덕분에 끊임없이 수입을 올리고 있으니 재미있는 일이다.

아바나의 밤은 음악소리 때문에 외롭지 않다. 정열적이면서도 감미로운 리듬의 쿠바음악. 쿠바에 오기 전에 다시 본 ≪부에나비스타 소셜클럽≫ 영화 생각이 났다. 쿠바 혁명 이후 일거리가 없어서 해체된 지 40년 만에 아바나의 재즈음악클럽에서 활약했던 유명멤버들을 찾아내어 그들의 음악을 되살린 이 뮤직 다큐멘터리 영화는 쿠바를 아는데 무척 도움이 되었다. 지금은 나이가 들어 주름으로 가득한 얼굴이 된 부에나비스타 소셜클럽의 구성멤버들이 한 사람, 한 사람씩 스크린에 나와 자기의 어린 시절을 회상하는 장면과 함께 젊은 날의 연주솜씨를 멋들어지게 펼치고 있는 장면들이 가슴 뭉클하게 와 닿는 영화이다.

쿠바의 냇킹콜이라고 불리는 90세의 노인, 빼빼 마르고 키 큰 이브라힘 페레르가 무대 위에서 노래를 부른다.

꽃들이 잠들었네, 글라디올러스와 장미/ 그리고 흰 백합, 깊은 내 영혼/ 슬픔에 잠긴 내 영혼을 꽃들에게 알리지 마라/ 내 슬픔을 알게 되면 꽃들도 울 테니까./ 깨우지 마라 모두 잠들었네. 글라디올러스와 장미/ 그리고 흰 백합, 내 슬픔을 꽃들에게 알리고 싶지 않아/ 내 눈물을 보면 시들어버릴 테니까.

구슬픈 멜로디의 이 노래를 여성 보컬리스트 오마라와 듀엣으로 부르고는 서로가 가볍게 껴안는다. 80이 넘은 루벤이 피아노 앞에 앉아 건반을 두드린다. 카메라에 클로즈업 된 노인의 손등에 핏줄이 선명하다. 그런 손가락으로 옛 솜씨를 발휘하며 피아노를 치는 루벤의 주변에서 아이들이 발레 연습을 하는 모습들이 화면에 나온다. 춤추는 어린 발레리나들과 피아노 치는 엄숙한 모습의 할아버지가 어찌나 아름답게 조화되어 화면을 구성하고 있는지─.

기타리스트인 콤파이 세군도는 굵은 시가를 입에 물고 차를 타고 가면서 지나가는 사람에게 길을 묻는다. 40년 전의 부에나비스타 소셜클럽이 있던 자리를 아는 사람은 없다. 그는 나이 많은 사람에게 묻는다. 간신히 건물이 있던 자리만을 찾은 아흔이 넘은 노인 콤파이는 여전히 자신의 전성기 시절의 위엄을 풍기며 아바나 거리를 달린다. 그가 옛 동료와 함께 기타를 치며 노래를 부른다.

쿠바의 항구엔 특별한 노래가 있다네, 자랑스러운 내 조국을 노래해 주지요/ 카리브 해의 진주라고 불리는 곳/ 그곳의 여인들은 별처럼 아름답다네, 모두가 여인들의 우아함을 칭송하네/ 그곳은 내 마음 깊이 자리 잡았다네, 난 자랑스럽게 내 마음을 노래하지요/ 자네도 꼭 가봐야지, 그곳엔 특별한 노래가 있다네.

소셜클럽 멤버들이 연주를 하는 화면 사이사이에서 올드 아바나의 골목들이 비춰진다. 검게 그을린 낡은 건물들 창가에는 빨래들이 널려있고, 골목길 어두운 집집마다 가족들은 문 앞에 나와 할일 없이 서있다. 그러나 사람들의 표정은 밝고 명랑하다. 머리에 예쁜 리본을 맨 계집아이의 손을 잡고 걸어가는 여인의 탄력 있는 몸매가 여간 매력적이지 않다. 가난 속에서도 그토록 순하고 착한 마음의 쿠바인들을 보면 왠지 신비롭다는 생각이 든다. 정열적이면서 감미로운, 그리고 흐느끼도록 아름다운 쿠바음악 속에는 어떤 주술이 숨어있는 것일까.

낮 12시에 약속한 안토니오 씨가 11시에 벌써 호텔 앞에 와있었다.

"시간이 이르니까 아바나의 말레콘(방파제) 한 번 더 보고 가세요. 아바나 시민들이 꿈과 희망을 버리지 않고 바닷바람을 들이마시며 자유를 누릴 수 있는 곳이 이곳이거든요."

차창 밖으로 방파제에 부딪힌 파도가 산산조각으로 부서져 흩어지는 것이 보였다.

"바다 저쪽에 바로 미국 땅이 있지요. 쿠바가 못 사는 것이 오로지 '미국의 봉쇄' 때문이라며 미국에게 그 탓을 떠맡기고 선동을 하고 있는데도 얼마나 많은 쿠바사람들이 바다 건너에 있는 미국 땅을 밟기를 동경하고 있으니 모를 일 아닙니까. 미국의 달러를 벌기 위해 사람들이 대학을 나오고도 나같이 관광 택시기사를 하고 있지요. 달러에 대한 욕망을 가지고 있지 않는 쿠바인은 아마도 쿠바 혁명 전에나 있었을까요?"

어느새 안토니오 씨의 차는 아바나 공항에 도착하였다. 안토니오씨가 나의 트렁크를 차에서 내릴 때 문득 트렁크 속에 있는 나의 책 생각이 났다. 나를 안내해 주기로 한 쿠바 여인 마이라 여사에게 주려고 가지고 온 책인데 주지를 못한 것이다.

"안토니오 씨. 내가 쓴 책을 당신 나라에 두고 가고 싶은데 괜찮겠어요? 당신 나라 사람들에게 한국을 알리고 싶어서예요."

즉흥적으로 그런 생각이 들어서 한 말이다.

"좋은 생각이군요. 그 책을 주변 사람들과 돌려 보겠어요."

나는 트렁크에서 책을 꺼내 그에게 다시 물었다.

"책 속에 한마디 쓰고 싶은데 무어라고 쓸까요?"

"쿠바를 사랑한다고 써주세요."

마음속으로 나도 그렇게 쓸 생각을 하고 있었다. 책 속표지에 나는 그가 일러준 대로 "I Love Cuba! Lee, Kyung-Hee" 이렇게 적었다.

책은 ≪서울의 뒷골목≫(Back Alleys in Seoul)이란 제목의 영문번역판 수필집이었다.

∞안소니 퀸의 춤과 '그리스인 조르바'
-그리스, 미코노스 섬에서

오늘 아침은 서두르지 않아도 되어 좋다. 배에서 내리는 시간이 낮 12시. 이른 점심을 배에서 먹고 하선하기로 되어 있다.

미코노스는 그리스의 섬 중에서 가장 먼저 국제적인 관광지로 알려진, 에게 해의 대표적인 섬이란다. 이번 지중해 크루즈 기항지에 미코노스 섬이 빠져있었던들 내가 그토록 이 여행에 매력을 느꼈을까. 에게 해에 깔려있는 많은 그리스의 섬들—크레타, 산토리니, 딜로스, 미코노스 등 그리스의 신들이 탄생하고, 사랑과 질투의 신화로 가득한 곳이기에 꼭 한 번 이런 섬에 가보고 싶었다.

"미코노스는 흰 돌이라는 뜻입니다. 헤라클레스 거인과 싸워서 흰 돌로 변했다는 신화의 섬입니다." 아테네에서 우리를 안내하였던 애교 있는 목소리의 여성가이드, 그녀가 우리를 또 안내하기 위해서 오늘 아침에 비행기로 이곳까지 날아왔단다. 두 번을 만나니까 벌써 정이 들었는지 반갑다.

남빛 바닷물에 파란 하늘, 붉은 빛 바위산을 새하얗게 덮은 집들, 새하얀 집들을 배경으로 빨간 부겐베리아 꽃이 카르멘 같은 정열로 피어있다. 내가 기대했던 그리스의 섬은 그림엽서에서 본 그대로였다.

"미코노스는 나체 해수욕장이 있는 섬으로 유명합니다. 발가벗은 채로 해수욕을 하는 파라다이스 비치. 또 나체비치이면서 동성연애자들로 유명한 슈퍼파라다이스 비치가 있습니다. 반듯이 나체로 들어가야만 하는 것은 아니에요. 사람에 따라서 그 노출정도가 각양각색이랍니다. 이런 비치 덕에 10대와 20대 젊은이들이 이 섬을 아주 좋아한답니다. 물론 어른들도 좋아해서 이곳에 한번 와보는 것이 그리스 사람들의 소원이라고 합니다."

가이드 여인의 목소리는 여전히 애교를 품고 있었다.

섬의 길들은 무척 좁았다. 관광버스가 어렵게 뚫고 나가는 길을 젊은이들이 렌터 바이크로 여지없이 소리 내며 질주하고 있다.

이 섬의 상징이라는 5개의 풍차가 있는 바람 많은 언덕 위에서 일행들은 일제히 사진을 찍는다. 옥수수를 찧던 풍차였는데 지금은 가동하지 않고 있단다. 리틀 베니스라고 불리는 해변의 시푸드 (Sea Food) 레스토랑에는 관광객들로 자리가 없을 정도. 그런 바닷가를 지나 가이드 여인이 우리를 좁은 골목길 동네로 안내하였다. 골목길은 두 사람이 지나가기가 힘들다. 골목 안의 집들도 모두가 흰색. 벽에 스치면 옷자락에 흰 가루가 묻을 것만 같은, 그런 새하얀 골목 안은 민속품 상점들이 알록달록한 수공예품들을 벽에 걸어놓고 관광객들의 발길을 잡고 있다.

"저를 꼭 따라 오세요. 골목이 미로 같아서 길을 잃어버리면 찾아 나가기가 힘듭니다." 가이드 여인은 그렇게 위협을 하고는 다시 안심을 시킨다. "그렇지만 염려하진 마세요. 골목길을 따라가다 보면 마침내 처음 들어간 길로 나오게 되어 있습니다." 그 말을 듣고야 일행들은 골목 안에 있는 민속품 가게들 안으로 흩어졌다.

"미코노스 섬에는 펠리컨 한 마리가 살고 있습니다. 페드로라는 이름의 이 펠리컨은 섬사람들의 인기 독차지이지요. 100년 전에 우연히 한 마리가 날아왔는데 섬사람들이 짝을 맺어줘서 현재 3대째인데 한 마리가 교통사고로 죽었답니다. 그래서 지금은 한 마리만 있어요."

페드로는 보통 때는 나타나지 않다가 배가 고프면 식당 앞에 나타나서 고기를 줄 때까지 가지 않고 기다리면서 손님들도 들어가지 못하게 한단다. 그 페드로를 식당 앞에서 나는 운 좋게 만나서 사진까지 찍었다. 미코노스 섬에 온 관광객 모두가 만날 수 있는 것은 아니라는데 말이다.

파란 지붕의 센트 니콜라스교회를 포함해 미코노스 섬에는 3백 개 이상의 교회가 있다고 했다. 교회가 많다고 해서 섬사람들이 주일마다 교회에 가는 것이 아니고 일생에 세 번밖에 가지 않는단다. 태어나서 한 번, 결혼식 때 한 번, 그리고 죽어서 장례식 때에 간다는 것. 그런 설명을 듣고 있는데 교회의 종소리가 들렸다. 아름다운 교회의 종소리. 이 소리를 듣는 것만으로 섬사람들은 하나님의 은총을 받는다고 생각하고 있는지.

리틀 베니스가 보이는 언덕길 옆에 '조르바'라는 이름의 카페 레스토랑이 있었다. 이름이 마음에 들어서 그 앞에서 발걸음을 멈췄다.

"여보, 우리 여기서 커피 한 잔 마시고 갈까요?"

마침 남편도 아까부터 커피 이야기를 꺼냈었다.

빨간 티셔츠에 흰 머플러를 길게 목에 늘어트린, 건강미 넘치는 젊은 여성이 앉아있는 커다란 테이블이 마음에 들어서 남편과 나는 그곳에 함께 앉았다. 젊은 여성 옆에는 선글라스를 쓴 두 남자가 앉아있었다. 세 젊은이가 한가롭게 앉아있는 모습이 현지 사람 같이 느껴져서 나는 말을 건넸다.

"미코노스에 사세요?"

나는 빨간 셔츠의 여인에게 물었다. 여행 중에 그 고장 사람과 만나서 대화를 나눌 수 있는 것은 또 다른 즐거움이다.

"네. 나는 미코노스 섬에서 낳아서 이 미코노스 섬에서 자란 토박이 섬 주민이랍니다."

젊은 그녀는 미코노스 섬사람임을 자랑하듯 강조하고 있었다.

이름이 프란체스카라고 했다.

"미코노스 섬의 자랑이 무엇인지 이야기 좀 해주세요."

별 목적 없이 그냥 또 나는 물었다. 그녀와 대화를 더 좀 길게 나누고 싶어서였을 뿐.

"아름다운 비치와 좁은 골목, 그리고 사람들이 많다는 것이지요."

프란체스카는 미리 준비라도 하고 있었듯이 쉽게 이렇게 대답했다.

"사람들이 많다는 것이 자랑입니까?"

"그럼요. 장사가 잘 된다는 뜻이니까요."

그녀는 그냥 쉽게 대답하고 있는 것이 아니었다. 미코노스의 자랑이 무엇인지를 진정 알고 대답하는 것이었다.

"이 집, 식당 이름이 '조르바'이군요. '그리스인 조르바'의 그 조르바인가요?"

"그래요. 내가 지은 이름이에요. 내가 부동산업을 하고 있는데 남편의 친구가 식당을 한다고 해서 이 집을 구해 주었거든요. 그리고 이름까지 지어주었죠. 조르바! 좋죠?"

프란체스카는 이 식당에서 랍스터 요리를 잘 해서 그것을 먹으러 온 것이라고 했다.

"작년 7월에 결혼을 해서 지금 임신 6개월이에요. 랍스터가 태아에게 무척 좋다고 하여서 일주일에 한 번씩 남편과 함께 와서 먹고 있어요.”

그녀의 옆에 앉아있는 선글라스의 남자가 남편이었다. 그녀는 결혼을 늦게 했기 때문에 뱃속의 아기에게 더 신경을 쓰고 있다는 것. 프란체스카의 목소리는 씩씩하고 당당하게 들렸다.

“≪그리스인 조르바≫ 영화를 보았어요?”

내가 프란체스카에게 물었다.

“그럼요. 안소니 퀸의 춤추는 모습, 너무 좋아요.”

나도 바로 그 춤 이야기를 하고 싶어서 물었는데 그녀가 먼저 말한 것이다. 프란체스카는 거의 조르바 역으로 나온 안소니 퀸의 춤동작을 흉내라도 내듯이 두 손을 옆으로 올린다. 나도 따라서 흉내를 냈다. ≪그리스인 조르바≫에 내가 홀딱 반해서 두 번을 이어서 본 것도 안소니 퀸의 춤추는 모습이 감동적이었기 때문이다. 바닷가 모래 위에서의 그의 춤은 영혼까지도 녹일 것 같은, 그래서 잊을 수가 없는 장면이다.

그리스 신화의 번역자로 유명한 이윤기 교수의, 니코스 카잔차키스의 소설 ≪그리스인 조르바≫가 다시 번역되어 나온 것을 읽었다. 주인공 조르바가 내뱉는 말들이 어찌나 그렇게 가슴에 와 닿는지,

아버지가 남겨 놓은 광산을 다시 일으키기 위해서 크레타 섬을 찾아가는 그리스계 영국인 젊은 작가, '나'가 부두에서 배를 기다리고 있는데, 광산에서 일하고 싶어 하는 조르바가 그에게 와서 말을 건넨다.

"여행하시오?" 그가 물었다. "어디로? 하느님의 섭리만 믿고 가시오?"

"크레타로 가는 길입니다. 왜 묻습니까?" "날 데려가시겠소?" "왜요?" "… '왜요'가 없으면 아무 짓도 못 하는 건거요? 가령, 하고 싶어 한다면 안 됩니까? 자, 날 데려가쇼. 요리사라고나 할까요. 당신이 들어 보지도 못한 수프, 생각해 보지도 못한 수프를 만들 줄 압니다." (영화에서는 안소니 퀸이 이 야생마 같은 주인공 조르바 역으로 나온다.)

      ……

"그 보따리 속엔 무엇이 들어 있습니까? 먹을 것인가요?" "산투리(침발론의 변형인 기타 비슷한 악기)올시다."

"산투리? 산투리를 연주합니까?" "먹고 살기가 고될 때는 산투리를 연주하며 여인숙을 돌아다니기도 합니다. 마케도니아에서 전해지는 클레프트 산적의 옛 노래도 부릅니다. 그러고 나서 모자를 벗어 들고…. 바로 이 베레모 말이요. 한 바퀴 돌면 돈으로 가득 차는 게요." "이름을 여쭈어도 될까요?"

"알렉시스 조르바…. 내가 꺽다리인 데다 대가리가 납작 케이크처럼 생겨 먹어 '빵집 가래삽'이라고 부르는 친구들도 있지요."

……

"결혼은 몇 번 했었나요. 조르바?" "이번엔 도대체 무얼 또 캐내고 싶은 겁니까? 나는 사람도 아닌 줄 아시요? … 몇 번 했는지 그걸 다 어떻게 계산합니까? 수탉이 장부를 가지고 다니며 한답니까?" (탄광을 일으키려고 한 젊은 작가는 더 이상 버틸 힘이 없었다.)

"조르바! 이리 와보세요! 춤 좀 가르쳐 주세요!"

조르바가 펄쩍 뛰어 일어났다. 그의 얼굴이 황홀하게 빛나고 있었다.

"춤이라고요. 두목? 정말 춤이라고 했소? 야호! 이리 오소! 처음엔 제임베키코 춤을 가르쳐 드리지. 이건 아주 거친 군대식 춤이지요. 게릴라 노릇할 때, 출전하기 전에는 늘 이 춤을 추곤 했지요."

그는 구두와 자주색 양말을 벗었다.

"두목, 내 발 잘 봐요. 잘 봐요!"

그는 발을 내뻗으며 발가락만으로 땅을 살짝 건드리더니 그다음 발을 세웠다. 두 발이 맹렬하게 헝클어지자 땅바닥에서는 북소리가 났다. …

둘이서 벌인 사업이 거덜 나던 날 그들은 해변에 마주 앉았다. 조르바는 숨이 막혔던지 벌떡 일어나서 춤을 춘다. 그는 중력에 저항이라도 하는 듯이 펄쩍펄쩍 뛰어오르면서 소리를 질렀다.

"하느님, 작고하신 우리 사업을 보호하소서. 오, 마침내 거덜 났도다!"

바로 이 대목이 저 유명한 영화 ≪그리스인 조르바≫에서 안소니 퀸이 해변에서 춤을 추는 장면이다.

그 장면의 감동이 미코노스 섬에서 나에게 되살아났다.

그리스 민속음악의 아버지인 미키스 테오도라키스의 감미롭고도 애환이 담긴 선율 ≪그리스인 조르바≫의 주제음악과 함께ㅡ.

∽ 집을 향해 돌아오며

멀고 지루한 항해에서 다시 모항(母港)으로 돌아왔을 때의 선원들의 기분을 나는 알 수 있다.

다시 돌아갈 곳이 있다는 것, 사랑하는 가족과 낯익은 고장이 있다는 것. 선수(船首)가 이미 그곳을 향해 돌려졌을 때의 선원들의 마음이 얼마나 급할까 하는 것을 나는 알 수 있다.

여행에서 집을 향해 떠날 때의 나의 감정을 너무도 잘 알고 있기 때문이다. 온통 모든 생각과 몸의 하나하나의 세포에 이르기까지, 나의 전부는 내가 돌아가 안식할 그곳을 향하여 이미 가 있으니 말이다.

설혹 모항에 등불이 꺼졌어도 배가 닿을 곳을 알고, 아무도 마중 나오는 사람이 없어도 반기는 웃음이 터져 나오는 부두를 생각할 수 있듯, 나의 비행기가 벌써 한국 영공에 들어서기만 하면 서울의 냄새와 그 환상 때문에 나의 가슴은 설렌다. 여행의 피로는 벌써 어디론가 사라지고 나는 홀연히 돌아온 건강한 어머니로서, 아내로서, 모두가 맞이해 주는 공항 대합실을 생각한다. 빨리 해야 할 말도 없고 또 잊어버려도 안 될 말이 없는데 여행 중에 생각했던 일들을 다시 생각해 본다.

그러나 막상 제일 먼저 하는 이야기란, "잉어 많이 자랐니?" "브라질에서 보낸 엽서 두 장 다 받았지?" 생활이란 현실적으로는 재미없는 대화에 불과하다는 사실을 실감한다.

나의 모항은 꿈에서만 아름다운 것. 돌아오면 자질구레한 짐 보따리나 하잘 것 없는 여행 중의 피로했던 이야기뿐. 정작 그립고 보고 싶던 이야기는 하지 못하고 마는 것일까? 신세진 이에 대한 갚음의 편지란 그곳에서의 생각과는 달리, 그저 피로한 숙제로만 되어 몇 번의 여행에서 쌓인 일들에 다시 첨가하는 그런 또 하나의 부채(負債)—.

그러나 계절이 바뀌고 괴롭던 일이 잊혀지면 배가 다시 대해(大海)를 향해 챙기듯, 나는 먼 곳의 일들을 생각하게 된다. 벽에 붙여 놓은 큰 지도가 새삼스럽게 보이기 시작하는 오후면 나는 또 내가 어딘가를 향하여 떠나고 싶어 한다는 사실을 깨닫게 된다.

그렇지만 만일, 인간이 한 번 있은 일로 영원히 만족할 수 있다면 침체하고 나태해짐을 어쩌지 못할 것이겠지. 그것은 살아 움직이며 신선한 새로움을 추구한다는 것과는 전혀 다를 것일 테니까.

잠시 진정하고 떠나기 위하여 또 구실을 생각해 내야겠다. 누구에게나 이해가 될 수 있는 아름다운 이유를 찾아야겠다.

여행에는 용기가 필요한 것이지 구실이 없는 것은 아니다. 떠난 후의 공백을 메우기 위해 다른 사람의 몇 배로 일을 해 두어야자—. 그렇지 않고는 내가 또다시 빠져나갈 면목이 없지 않겠는가.

모항은 잠시 머무는 곳, 영원히 잠드는 곳은 아니다.

ᢏ 그곳은 아름다운 곳

　유럽을 다녀온 누구나가 하는 말을 나는 하지 않으려고 하였다.
똑 같은 인상과 칭찬과 감회를 나만은 좀 다른 방법으로 말하려고
하였다. 그러나 그것은 좀 불가능하다는 것을 알았다. 글로 쓰려면
결국은 그 얘기밖에 할 것이 없으니까 말이다.

　굳이 이것을 빼놓고 말한다면 그것은 오히려 무슨 변태심리자
의 말처럼 될 수 있다.

　그곳은 아름다웠다. 어디를 가나 건물은 현대를 느끼게 하면서
또 고전의 중후함을 깨닫게 하였다.

　꽃이 많았다. 초봄인데도 꽃이 많았고 어디로 가든지 꽃은 있었
다. 꽃가게에는 언제나 꽃을 사는 사람들이 있었고 음식점마다 예
쁜 꽃들이 장식되어 있었다. 생활의 여유에서가 아니라 꽃이 있고
그 다음에 생활이 있다는 그런 느낌이었다.

　그곳의 제라늄은 그렇게 아름답게 보이는 것은 웬일이었을까?
차를 마시면서 유심히 들여다보았다. 역시 손질을 잘 하고 있었다.

　잎새도 흙도 화분도 모두 정성껏 매만져 있었다. 바쁜 세상에
언제 이런 것을 만져줄 시간이 있는가? 도저히 나는 안 될 것 같았

다. 그러나 마음속으로 깊이 반성하였다.

놀라울 정도로 사람들의 목소리가 낮고 대화가 부드러웠다. 그 곳의 누구를 보고 이런 얘기를 하니까 이렇게 대답한다.

"너무 숭배하지 마세요. 시장에 나가봐요. 우리 못지않게 큰 소리를 치고 있을 테니―."

물론 그들 시장에도 떠벌이는 소음이 있었다. 그러나 결코 세련되지 못한 우리의 높은 음성의 절규는 아무 데도 없었다.

시내버스의 고함소리며, 대화의 고성이며, 아이들의 울부짖음이며―. 물론 사람들이 사는 어딘들 이런 것이 없을까마는 한국의 그것과는 확실히 달랐다. 예외의 경우에도 나는 그분의 말 대로 '숭배의 눈'으로 봐서 그랬는지는 몰라도 어떻든 달랐다. 전체의 어조가 낮은 것을 어쩌랴.

역시 나는 생각하였다. 우리보다도 각박하지 않으니까 그런 소리가 나올 수 있겠지. 우리도 GNP가 오르면 오늘의 소리보다 낮게 되겠지, 하고 생각하며 혼자 웃었다.

그리고 그들의 눈은 입에 못지않게 많은 말을 하고 있었다. 눈들이 커서 그럴까? 나는 호텔 거울 앞에 서서 나의 작은 눈을 의식하면서 이 눈으로 도저히 말할 수 없다는 것을 느꼈다. 그리고 그들의 모양대로 흉내를 내보았다. 그러나 그것은 우습기 짝이 없는 꼴이 되곤 하였다.

그들의 생각은 우리의 생각보다 근본적으로 다른 것 같았다. 이번 내가 참석한 브뤼셀 국제도서박람회장에 찾아 온 손님들이 묻는 말에서 나는 그것을 느끼곤 하였다.

우리 애에게 들려줄 한국의 역사나 지리, 아니면 노래책이 없느냐는 것이다. 그 이유를 물었더니, 한국 아이를 양자로 데려왔는데 그 아이에게 민족과 나라를 잊지 않게 해주기 위하여 공부시켜 줘야겠다는 것이다. 놀라운 일이 아닌가.

나의 생각 같으면 되도록 그의 과거를 잊게 하고 지금의 나라와 말과 사람을 알게 할 텐데…. 그런데 그것을 가르친다니 웬일인가.

그들은 '나의' 사람보다 '인간' 그것을 만들려고 하는 생각이 더 있는 것이 확실하다. 개성 있고, 제 영혼을 가진 확실한 인간을 만든다는 생각을 가진 사람들이다.

그렇기 때문에 이들은 오늘날 멋지게 살 수 있는 것이 아닌가. 나는 이런 생각이 들었다.

그곳은 아름다운 곳이었다.

04

사랑을 하고 있습니다

사랑을 하고 있습니다

∽나도 언젠가는 낙엽이리니. 가을을 찾아 떠난 곳에서

이젠 없애야 할 것 같다. 일 년 내내 거실창가에 두고 바라보던 낙엽. 작년 가을 내가 살고 있는 노블카운티 숲길을 산책하다가 주워 온, 노란 은행잎과 새빨간 단풍잎을 하얀 사기그릇에 담아놓고 보던 낙엽들이다. 바싹 마르긴 했어도 부서지지 않고 있는 낙엽들을 쓰레기통에 버리기가 미안해서 몇 번이나 도로 담아놓곤 하였던 것들인데 이젠 정말 없애야 할 것 같다.

재작년 길에서 넘어져서 고관절 골절상을 입었다. 119구급차에 실려서 강북삼성병원에서 수술을 받고는 재활치료를 하기 위해 송파에 있는 재활병원에 입원했다. 내가 들어가야 할 병실에는 창문이 없었다. 남쪽으로 창문이 있는 병실은 6인실밖에 없고 그 방은 중환자들만이 있는 곳이어서 들어갈 수 없다는 것이다.

나는 사정을 해서 그 병실의 하나 남은 침대를 차지했다. 6인실 병실은 남향이어서 넓은 창으로 햇볕이 잘 들어오는 방이었다. 가뜩이나 다리를 다쳐서 우울한데 햇볕이라도 들어오는 밝은 병실이라야 마음이 달래질 것 같아서 애원을 하다시피 해서 방을 옮겼다. 가래가 목에 걸려 괴로워하는 환자를 간병인들이 다급하게 처치해야 하는 그런 중환자들이어서 늘 딱하고 불쌍하고 때로는 겁나기까지 했다. 간호사 말대로 중환자가 아닌 나 같은 재활환자는 함께 있기가 쉽지 않은 병실이었다.

그런데, 그런 지켜보기 어려운 일들을 내가 아무렇지 않게 견뎌내면서 지낼 수 있는 것이 이상했다. 생각해 보니, 그건 내 마음이 하늘같이 너그러워서가 아니었다. 매일 식사 후에 간호사가 갖다 주는 진통제와 신경안정제 때문에 중환자보다 내가 더 멍해져 있어서였던 것 같다. 그러다가 맑은 정신으로 돌아오자, 그들 환자들이 내는 갑작스런 비명소리, 맡기 어려운 냄새, 그리고 기약 없이 그렇게 얼굴과 몸에 줄을 달고 누워있는 환자들에 대한 연민이 나의 마음을 괴롭혀서 중환자들 사이에 누워있는 것이 힘들다는 생각이 들었다. 나의 마음이 그렇게 간사하게 변한다는 것을 알았다.

그러던 어느 날, 노랑 은행나무 잎이 햇빛을 반사하며 흔들리고 있는 것이 창밖으로 보였다.

"아, 가을이구나, 가을이 오고 있었구나!"

내가 중환자들과 함께 멍하니 누워있는 동안 가을이 오고 있었다. 침대 위에서 보는 가을 하늘의 노랑 은행잎이 얼마나 나를 기쁘게 해주고 있는지. 오 헨리의 〈마지막 잎새〉에 나오는 하나씩 줄어가는 담쟁이 넝쿨이 생각났다. 나는 밤에 잠들기 전이면 은행잎이 떨어질까 봐 걱정하였다. 그러나 아침마다 창밖의 노란 잎들은 그대로였다. 잎들이 왜 떨어지지 않았겠는가. 바람이 불고 비가 오는 밤이었는데도 말이다. 은행잎 수가 줄지 않고 있다고 느꼈던 것은 나의 마음이었다. 〈마지막 잎새〉의 주인공 존시 소녀처럼 삶의 의욕을 잃지 않고 있었기 때문이다. 창밖의 은행잎들은 퇴원할 때까지 나를 실망시키지 않고 노랗게 달려있었다.

재활병원에서 퇴원하고 넉 달 만에 나는 용인에 있는 실버타운인 노블카운티로 들어왔다. 인생의 가을을 사는 내가 고운 빛깔의 낙엽으로 떨어질 곳을 찾아서 서둘러 이곳으로 들어왔다.

오래 전, 왜관에 있는 베네딕도 수도원에서 한 달을 지낸 적이 있다. 나의 마음을 진정 알아줄 사람이 없다는 생각이 극도에 달했을 때 몸이 아팠다. 다른 곳이 아니고 정신이 아팠다. 그러니까 정신에 병이 든 것이다. 가을도 오기 전에 나무에서 병들어 떨어진 마른 잎새처럼, 사람들 발길에 채여 부서져 가고 있는 내가 찾아간 수도원은 정신에 병이 든 나에겐 천국이었다. 그곳에서 쓴 일기장에 '가을'이 있었다. 일기장 갈피 속에서 말라있는 빨간 단풍잎이 나와서 가을이었던 것을 알았다.

10월 29일 목요일, 개인 후 밤에 비가 오다. 점심식사를 마치고 정원에 나가다. 황금빛 가을 햇살이 눈이 부셔서 잠시 땅에서 발을 옮기지 못했다. 닭 우는 소리가 들린다. 수도원의 하루는 낮닭 우는 소리만큼이나 길다. 긴 하루를 보내는 시간이 지루하지 않은 것이 이상하다. 닭이 또 운다. 수도원의 하루는 길었다. …
어두운 창밖을 비가 적시고 있다. 밤안개 낀 나뭇가지 사이로 등불이 아름답다. 나이 든 독일 수사님이 아침에 말끔히 쓸어 놓은 땅 위에 또 빨간 단풍 낙엽이 쌓이고 있다. 왠지 독일 수사님께 내가 미안한 생각이 든다. …

얼마 안 있어 가을이 깊어지면 곧 또 나의 아침 산책길에 낙엽이 떨어지겠지. 그러면 창가에 두었던 마른 낙엽들을 숲속 흙 위에 다시 가져다 놔야겠다.
낙엽 길을 걸을 때면 프랑스 시인 구르몽의 시가 생각난다.

시몬, 너는 좋으냐? 낙엽 밟는 소리가 … 발로 밟으면 낙엽은 영혼처럼 운다. 시몬, 너는 좋으냐? 낙엽 밟는 소리가, 가까이 오라, 우리도 언젠가는 낙엽이리니 …

구르몽의 낙엽처럼, 나도 언젠가는 낙엽이리니-.

∾ 기다림의 시간 그리고 기도

검은 색 승용차가 정문을 향해 가고 있다.

"어디로 가는 걸까?"

마치 나를 두고 가는 것 같은 느낌이 들어 왠지 쓸쓸해진다.

저녁나절, 숲길을 산책하다가 언덕 위 벤치에 잠깐씩 앉아있을 때면 으레 오가는 차가 눈에 들어오는 광경인데, 나가는 차를 볼 때마다 그런 생각이 드는 것은 웬일인지 모른다. 소녀도 아닌 이 나이에 감상적이 되는 것이 이상하다.

하긴 젊었을 때도 그랬다. 여행 중에 잠깐 만난 사람이 "저는 오늘 떠납니다." 하고, 트렁크를 끌고 호텔 카운터로 가는 것을 보면, 나를 두고 먼저 가는 것 같아 서운함마저 느끼곤 했다. 만난지 며칠도 안 되는 사람이라 벌써 정이 들었을 리도 없는데 내가 남겨졌다는 생각이 들어서이다. '남겨진다는 것'은 쓸쓸한 일이다.

용인에 있는 시니어타운에 들어온 지 만 3년이 되었다. 이곳의 생활에 무척 만족하며 살고 있는데도 문득 문득 쓸쓸한 생각이 들 때가 있다. 어렸을 적, 자고 일어났는데 엄마가 눈에 보이지 않으면 그리도 쓸쓸했던 마음이 요즘 순간 스칠 때가 있다. 나이가 든 때문이겠지.

나이를 먹는다는 자체가 쓸쓸한 일이 아닌가. 이곳에서 행복하다고 생각하며 살고 있는 것은, 혼자서 밥 해 먹고 시장보고 하던 일을, 하루 세끼 밥상을 챙겨주고, 좋은 강좌를 듣게 하고, 취미생활을 할 수 있고, 조금만 아파도 간호사가 뛰어오고 등등… 그런 생활 중에서 무엇보다도 이곳 생활이 즐거운 것은, 노인들끼리 깔깔대며 웃는 일이 많아서이다. 엘리베이터를 타놓고, "내가 어디를 가려고 탔지?" 하고 가끔 멍해지곤 해서, 함께 타고 있는 사람들과 폭소를 터트리는 그 같은 일들이 이곳에선 흉이 아니라 즐겁기만 하다.

"나이를 먹으면 어린아이가 된다."는 말이 참으로 실감 날 때가 많다.

아이들은 감정을 조절 못하고 본능적인 욕구를 만족 못할 때는 울든가 소리를 지른다. 노인들도 마찬가지이다. 나이가 들어 망령이 나면 큰 소리도 잘 지르고 화도 잘 낸다. 어른이 되면서 교양으로 참고 있던 것이 교양이 없어지고 본능만이 남으니까 아이들과 같아진다.

아이들의 고집을 엄마가 감당키 어렵듯이, 노인들의 고집도 감당키 쉽지 않다. 아무리 의사를 찾아가도 아픈 곳이 낫지 않고 여전히 아프니까 되풀이해서 의사를 찾는 것도 노인들 고집중의 하나이다. 이것을 모르는 젊은 의사가 "그건, 고칠 수 없어요. 나이가 드셔서 그런 겁니다. 그냥 맛있는 것 많이 잡수시고, 운동 잘하시고 하세요." 하니까, 가뜩이나 노여움 잘 타고 섭섭해 하는 노인들은 "빨리 죽는 수밖에 없지." 하고 토라져 버린다. 그럴 때 옆에 있는 노인들이 합세해서 "글쎄 말이야, 빨리 죽어야지." 하면 그제야 어린애같이 풀어져서 웃고 깔깔댄다.

어렸을 때 나의 할머니가 밥상을 받으시면 꼭 한 번씩 "이게, 뭐지?" 하시는 것을 보고 '눈으로 보면서 뭘 물어보시지?' 하고 할머니의 그런 모습이 싫었는데 내가 그때 나의 할머니가 하시던 것과 똑같이 반찬을 젓가락으로 뒤적이면서 "이게 뭐지?" 한다. 그렇게 해도 이곳에서는 흉이 안 돼서 좋다.

눈만 그러랴. 귀도 어두워져서 몇 사람만 모여도 시끄럽기 짝이 없다. 다 같은 난청 노인들끼리라 시끄럽다고 말하는 사람이 없다.

가끔 나의 딸에게서 "엄마, 목소리 좀 줄이세요. 너무 커요." 하고 주의를 들을 뿐ㅡ. 딸이니까 엄마를 흉잡히지 않게 하려고 일러줘서 고맙긴 하지만 그애가 가버리면 도로 마찬가지가 되어 큰소리를 내며 웃는다.

시니어타운의 생활은 기다림의 생활이다. 검은 승용차가 정문을 향해 나가는 것을 바라보며 쓸쓸한 생각이 드는 것도 내가 이 세상의 마지막 큰 대문을 나가는 날을 기다리고 있기 때문일 것이다.

노인이 아이와 다른 점이 있다면 그것은 죽음에 대한 생각이다. 젊었을 때 무서워했던 죽음이 조금도 무섭지 않고 그저 아프지 않고 편안히 죽기를 기다리는 것이 다르다.

시니어타운에서 기다림의 생활을 하면서 나는 밤에 잠자리에 들 때마다 기도를 한다.

"예수 마리아 요셉이여, 내 마음과 몸을 당신에게 맡기나이다.
예수 마리아 요셉이여, 임종의 고통 속에서 나를 도와주소서.
예수 마리아 요셉이여, 당신 보호하심에 편안히 마지막 숨을 거두게 하소서."

오늘도 나는 기다림의 시간을 보내면서 '마지막 숨을 편안히 거두게 하소서'라고 기도를 했다.

∽ 해가 저물고 있는 거겠지

지는 해를 뒤로하고 분수에서 솟구치는 물안개를 바라보며 연못가 벤치에 앉아있는 시니어타운의 저녁풍경. 그 풍경 속엔 나도 있다. 힘차게 솟아올라갔다가 떨어지는 물방울소리가 요란한 만큼 벤치 주변은 적막감이 감돈다.

연못 맞은편 벤치에도 흰 머리의 노인들이 앉아있다. 석양을 마주하고, 그들은 나를 바라보고 나는 그들을 바라보고 앉아있다.

문득 그 옛날, 노르웨이의 오슬로에 갔을 때의 일이 떠오른다. 1972년이었으니까 40여 년 전의 일이다.

런던에서 오슬로에 간다니까 우리 대사관의 정(鄭) 공보관이 나에게 말한다.

"지금 부활절휴가가 시작되어 오슬로에 가도 아무것도 볼 곳이 없습니다. 그냥 런던에 더 머물면서 우리와 함께 지내시죠."

옆에 있던 부인도 같이 말리는 것을, 그래도 뭔가 볼 것이 있겠지 하고 떠났다.

내가 아는 부활절은 알록달록 색칠한 삶은 계란을 먹는 것이 즐거웠을 뿐, 한국에서는 부활절휴가뿐 아니라 휴가의 개념이 없었다. 토요일은 물론이거니와 일요일에도 가게 문을 닫지 않았다. 더군다나 '바캉스'라는 말도 '베케이션'이라는 영어단어보다 불어의 발음이 멋있어서 사용하곤 했다.

내가 바캉스라는 것을 처음으로 실감한 것은 70년대 후반, 스페인 마드리드에 갔을 때였다. 호텔에 도착한 날, 아래층에서 들려오는 밴드음악소리 때문에 잠을 잘 수가 없었다. 창밖을 내려다보니 정원에서 사람들이 춤을 추고 있는 것이 아닌가. 어차피 시끄러워서 잠을 못 잘 바에야, 하고 나도 옷을 갈아입고 정원으로 내려갔다. 정원의 풀장 옆에서 사람들이 춤 잔치를 벌이고 있는 틈을 비집고 들어가서 겨우 한자리가 비어있는 테이블의자에 앉았다. 나는 그냥 의자에 앉아있을 수 없어서 제일 싼값의 '스크루 드라이버' 칵테일 한 잔을 주문하면서 웨이터에게 물었다.

"오늘이 무슨 축제날인가요?"

"아, 바캉스 아녜요?"

웨이터는 이상한 동양여자 다 봤다는 표정을 하며 한마디 던지고는 급히 가버렸다. 그제야 나는 이 많은 사람들이 휴가를 즐기려고 유럽 각국에서 온 사람들임을 알았다.

'서구사람들은 이렇게 생활을 즐길 줄 아는구나!'

그들은 일하는 것과 노는 것을 똑같이 철저히 지키고 있었다. 그런 것을 상상도 할 수 없었던 부활절 휴가철에 내가 오슬로에 갔던 것이다.

과연 부활절휴가가 시작된 오슬로 시내에는 문을 연 상점은 물론, 흰 눈 덮인 시가는 죽은 도시같이 조용했다. 사람들을 볼 수 없는 거리에 서있으니까, 게리 쿠퍼와 그레이스 켈리가 주연인 영화 ≪하이 눈≫의 장면이 떠올랐다. 보안관 게리 쿠퍼가 뒷주머니에 있는 권총에 손을 대고 악당이 나오기를 기다리고 서있는, 숨이 멈춰질 듯한 적막감 도는 정오의 거리. 내가 그런 거리에 서있는 것 같아 갑자기 무서워져서 다시 호텔로 돌아가려는데, 마침 스키를 어깨에 짊어진 청년이 내 앞으로 오고 있었다.

"실례합니다. 사람들이 다 어디로 갔죠?"

나는 급히 청년에게 물었다.

"바캉스를 갔거나, 스키장으로 스키를 타러 갔어요."

"바캉스를 어디로 갔죠?"

"지중해 연안이나 스페인이죠."

"그럼, 오늘 내가 오슬로에서 갈 수 있는 곳은 없나요?"

"조각공원은 갈 수 있습니다. 그곳은 언제나 열려있는 곳입니다."

나는 청년이 가리켜 준 조각공원을 향해 걸음을 서둘렀다. 북구라파의 해가 짧다는 것을 의식해서였다.

조각공원 안은 화강암으로 된 나체인간 조각으로 가득 차 있었다. 그중에는, 어린아이부터 어른에 이르기까지, 인간이 만들어낼 수 있는 모든 포즈의 화강암으로 조각된 탑이 고개를 뒤로 젖혀야 볼 수 있을 만큼 높이 서 있었다.

"과연, 조각공원이구나!"

나의 입에서 저절로 탄사가 터져 나왔다. 그 앞에서, 나는 사진을 찍고 싶어서 셔터를 눌러 줄 사람을 찾아 공원 안으로 들어갔다.

공원에는 나처럼 부활절휴가를 모르고 찾아 온 것 같은 여행객들이 있었지만 그 나라 사람들은 없었다. 한참을 걸어 들어가니까 넓은 공원 안 벤치에, 흰 머리의 노인들이 나란히 앉아있는 것이 보였다. 그들은 태양을 향해 말없이 앉아있었다. 휴가를 떠나지 못한 노인들이란 생각이 들었다.

놀랍게도 그들은 하나같이 좋은 옷들을 단정하게 차려입고 있었다. 귀걸이를 하고 곱게 화장을 한 할머니들의 기품 있는 모습이 한 장의 수채화 같았다. 누구에게 보이려고 하는 걸까? 나는 그들이 앉아있는 벤치 가까이로 갔다. 움직임도 없이 조용히 앉아있는 노인들에게서 삶의 무상함을 느꼈다. 늙는다는 것에 대한 애수의 감정이었을 것이다.

나는 계속 그런 생각을 하며 공원을 거닐었다. 떼 지어 날아온 갈매기들이 눈 속에 묻힌 모이를 쪼아 먹는 모습도 눈여겨보면서―.

'내가 저 나이가 되면 나는 무슨 생각을 하게 될까?'

그런 생각을 하며 계속 그들을 바라보았다.

지금 나는 그들보다 더 나이가 들어있다. 그런 내가, 새빨갛게 루주를 바르고, 화려한 빛깔의 옷을 입고 시니어타운 생활을 하고 있다. 저녁이면 연못가에 나와서, 분수에서 뿜어지는 물안개를 바라보며 앉아 있는 것이 요즘 나의 일과의 하나이다. 좋지 않는 일이 있을 땐 '나의 탓'이라고 생각하며 마음을 비우는 일에도 익숙해졌다.

'벤치의 노인들이 무슨 생각을 하고 있을까? 내가 그 나이가 되면 나는 무슨 생각을 할까?' 그때 그런 생각을 하며 그들을 바라보았던 것은, 내가 젊었기 때문이다. 의욕에 넘친 젊음이 가버리니까 생각하는 능력도 쇠퇴해 버린다는 것을 알았다. 생각 없이 앉아있는 것의 편안함. 그것이 노인들의 삶이라는 것을ㅡ.

태양을 향해 앉아있던 그때 그 노인들도 아무 생각 없이 앉아있었던 것이다.

연못가, 벤치에 앉아있는 나의 그림자가 점점 길어진다.

해가 저물고 있는 거겠지ㅡ.

✒ 사랑을 하고 있습니다

● Q씨에게

소식을 못 들은 지 얼마만인지 모르겠습니다. 그게 그렇더군요.
자주 만나지 않으면 할 이야기가 없듯이 편지도 오래 쓰지 않으니
까 무슨 이야기부터 해야 할지를 몰라서, 그래서 못 들었습니다.
용서바랍니다.

갑자기 Q씨 생각이 난 것은 인생이라든가, 사는 방법에 대해서
가장 많은 것을 가르쳐 주신 Q씨에게 인생을 마무리하는 삶에도
기쁨을 가질 수 있다는 이야기를 드리고 싶습니다.

이곳 실버타운에서 매일 서로 얼굴을 보고 만날 때마다 웃으며
인사를 나누고, 매끼 같은 곳에서 식사를 하며, 서로의 이야기를
듣고 들려주고 하는 동안에, 생각하는 것이 같은 사람과는 어느
사이에 좋은 감정이 오가게 되는 것은 자연스러운 일이 아닐 수
없습니다. 특히 저같이 글을 쓰는 사람은 나의 글을 읽고 반응을
보이는 사람들이 무척 고맙게 생각되지요.

행복이라는 단어는 오히려 평범합니다. 기쁨, 아니 그 이상으로

환희라는 표현이 어울릴 것 같습니다. 팔십 하고도 다섯 해가 더 지난 이 나이에 육체의 세포는 쇠퇴해 가는데 사랑을 느끼게 하는 세포는 그대로라는 것이 환희롭다는 뜻입니다. 마치 죽은 듯 앙상하게 가지만 남아있는 겨울나무가 봄의 햇살을 만나면 파란 새싹을 내밀 듯이 말입니다. 인생의 가을에도 사랑의 새싹이 돋아난다는 것을 요즘 경험하고 있습니다.

이곳에 와서 아침마다 숲길을 걸으면서 무엇을 할까, 어떻게 할까, 이런 잡다한 생각으로 차있던 머릿속을 비우며 지내니까 참으로 신기롭게도 비워진 머릿속이 사람들에 대한 정으로 채워지더니 그것이 마침내는 깊은 땅속에서 바위를 뚫고 끓어오르는 용암처럼 사랑으로 바뀌었습니다.

Q씨, 예전에 저에게 남녀의 사랑에 대해서 많은 이야기를 들려주지 않으셨습니까. 사랑의 감정에 솔직하라고요. 어쩜, 사랑은 생명 그 자체인 것도 같습니다. 그러니 솔직하지 않을 수 없군요. 놀랍고도 고맙기만 합니다.

Q씨, 제가 있는 곳에서 다달이 발간되는 『행복한 동행』이라는 곳에 작년 가을에 프랑스 시인 그루몽의 시를 인용해서 〈나도 언젠가는 낙엽이리니, 가을을 찾아 떠난 곳에서〉란 제목으로 글을 쓴 일이 있습니다. 내용은 대강 다음과 같습니다.

이젠 없애야 할 것 같다. 일 년 내내 거실 창가에 두고 바라보던 낙엽. 작년에 숲길을 산책하다가 주워 온, 노랑 은행잎과 새빨간 단풍잎을 하얀 사기그릇에 담아놓고 보던 낙엽들이다. 바싹 마르긴 했어도 부서지지 않고 있는 낙엽들을 쓰레기통에 버리기가 미안해서 몇 번이나 망설이다가 도로 담아놓고 하였던 것들인데 이젠 정말 없애야 할 것 같다. …얼마 안 있어 가을이 깊어지면 곧 나의 아침 산책길에 낙엽이 떨어지겠지. 그러면 창가에 두었던 마른 낙엽들을 숲속 흙 위에 다시 가져다 놔야겠다.

낙엽 길을 걸을 때면 프랑스 시인 구르몽의 시가 생각난다. "시몬, 너는 좋으냐? 낙엽 밟는 소리가… 발로 밟으면 낙엽은 영혼처럼 운다. 시몬, 너는 좋으냐? 낙엽 밟는 소리가. 가까이 오라, 우리도 언젠가는 낙엽이리니." 구르몽의 낙엽처럼, 나도 언젠가는 낙엽이리니—.

이런 내용의 글을 썼더니 독문학자인 김영호 교수가 자신이 직접 번역한 독일시인 릴케의 "주여, 때가 왔습니다. 지난여름은 참 위대했습니다. 당신의 그림자를 해시계 위에 내리시고…"로 시작되는 낙엽의 시를 친필로 적은 종이 위에 빨간 낙엽까지 예쁘게 붙여서 누런 봉투에 넣어 주더군요. 얼마나 순수하고 소년 같은 마음을 가진 분입니까.

"쉽지 않은 노후생활을 노블카운티에서 지내는 동안 각별한 사랑과 우정을 나누어 주심에 깊이 감사합니다."라는 편지와 함께 자신이 쓴 원고를 가져와서 표현이 좋지 않은 곳을 고쳐 달라고 하는 맑고 순진한 의학박사 김건열 교수도 가까이 있습니다. 이런 분들과 허물없이 정을 나누며 어린애같이 인생의 나머지 시간을 보내고 있습니다. 나이든 사람에게 살아있음을 알게 하는 것은 아침에 눈을 떴을 때입니다. 잠자리에서 일어나면서 고마운 마음이 들 때 더욱 그렇습니다.

연극평론가인 유민영 교수는 우리의 삶을 "황혼열차를 타고 있다"고 표현하더군요. 참 적절한 표현이죠?

황혼열차! 서산 너머로 붉게 물든 황혼의 아름다움을 보면 탄사가 절로 나오지 않습니까. 바로 그 황혼을 코앞에 둔 나에게 황혼열차를 탔다는 표현이 더없이 가슴에 와 닿습니다.

사실 저무는 황혼을 보고 서서히 지평선 아래로 사라진다고 말하지만 붉은 태양이 지평선 아래로 모습을 감추는 속도가 얼마나 빠른지 Q씨도 아실 것입니다. 황혼은 서서히 저무는 것이 아니라 열차가 속도를 내며 달리듯 어느 사이에 어둠으로 바뀝니다. 황혼이 사라지기 직전에 마지막으로 내뿜는 찬란한 빛이 황혼의 사랑이 아닌가 합니다.

Q씨, 해가 지평선 아래로 내려가기 시작했습니다. 황혼이 빛을 내고 있습니다. 존경이 가는 사랑을 할 때 환희를 느끼게 되지요. 사랑을 하고 있습니다.

오늘은 이만, 안녕히 계십시오.

곧 또 쓰겠습니다.

∽ 나의 유치원 친구 백남준 이야기

나의 유치원 친구 남준이를 이 나이에 다시 만날 수 있으리라고는 꿈에도 생각하지 못했었다. 그런데 35년 만에 그는 세계적인 비디오아티스트가 되어 한국에 돌아왔다.

그가 돌아온다는 소식을 신문에서 읽고 나는 옛날 사진 묶음을 뒤졌다. 남준이와 둘이서 찍은 사진이 있었던 것이 기억났기 때문이다. 그때 남준이와 내가 사진을 찍으려는데 갑자기 어떤 계집아이가 우리 둘 사이로 끼어들어 사진을 다시 찍을 수밖에 없었던, 그런 기억의 사진인데 아무리 찾아도 그것은 없었다. 그러나 다행히 유치원 졸업 때 모두가 같이 있는 사진은 있었다. 반갑기 그지

없었다.

나는 얼핏 남준이를 찾아냈다. 맨 뒷줄 왼편쪽에 상고머리 애가 남준이라는 것을 나는 금방 알아냈다. 남준이는 말이 없는 조용한 아이였다. 그런 남준이가 나는 좋았다.

그런데 사진 속에서 나를 찾는 데에는 시간이 걸렸다. 똑같이 에이프런을 입고, 가슴에 흰 손수건을 달고, 그리고 똑같은 형의 단발머리를 하고 있는 계집애들 가운데서 나를 알아내기가 힘들었다. 둘째 줄 가운데 단발머리가 나와 비슷했다. 그리고 그 얼굴을 다시 본 후에야 나라는 것을 알았다.

남준이와 나는 창신동 같은 동네에 살았다. 그애 집은 서울에서 이름난 부자여서 매일 아침 유치원 갈 때면 그애 집 캐딜락 자가용을 함께 타고 가곤 했다. 그 시절 서울에 캐딜락이 두 대밖에 없었는데 그 중의 하나가 남준이네 거라고 들었다.

남준이 집은 마당이 넓고 뒤쪽에는 동산이 있어서 아이들이 가서 놀기가 아주 좋았다. 우리 어머니와 가까이 지내셨던 남준이 어머니는 늘 나를 불러 남준이와 놀게 하셨고, 나도 그애가 많이 가지고 있는 일본의 고오단샤[講談社]의 그림책을 볼 수 있어서 일요일마다 놀러갔다.

우리가 다니는 유치원은 명동성당 앞에 있었는데 때로 남준이와 나는 을지로2가에서 동대문까지 전차를 타고 집에 오기도 했다. 나는 남준이네 자가용보다 전차를 타고 오는 것이 더 좋았다. 나의 아버지가 전기회사에 다니셨기 때문에 나는 돈 안 내고도 전차를 탈 수 있어서였다. 나는 목에 걸고 다니는 동그란 나무로 된 패스를 차장에게 쳐들어 보이며 큰소리로 "모꾸사쓰(木札)!" 하고 차 속으로 그냥 들어갔고, 남준이는 차표를 내고 타야 했다. 말하자면 그것이 나에겐 남준이 앞에서 유일하게 뽐낼 수 있는 일이었다는 것에도 이유가 있었다.

남준이도 전차로 집에 오는 것을 좋아했다. 남준이와 나는 전차에 오르자마자 우리가 들고 다니는 바스켓을 양 옆에 놓고, 창밖을 향해 무릎을 세우고 앉는다. 땡땡거리는 전차 소리를 들으며 창밖을 내다보면 마차도 지나가고, 소달구지도 지나가고―. 우리는 그렇게 앉아서 밖을 구경하는 것이 재미있어서 종점인 동대문에 다 와서도 차장이 내리라고 할 때까지 앉아 있곤 했다.

남준이는 같은 집에 살고 있는 외사촌들과 마당에서 공 던지기를 하고 있다가도 내가 가면 슬그머니 손에 들고 있던 공을 땅에 내려놓고 나에게로 오곤 해서 그러한 남준이를 외사촌들은 못마땅하게 생각하는 눈치였다. 나는 그런 것을 느낄 정도의 계집애였던 것도 기억한다.

어느 날 나는 남준이 집에서 숨바꼭질을 하다가 남준이와 둘이서 뒷마당으로 숨으러 갔는데, 그곳 창고의 양철지붕에 이마를 다

쳤다. 남준이는 나의 이마에서 흐르는 피를 보고 겁을 먹고 있었다. 나는 겁을 먹고 있는 남준이에게 미안해서 이마가 아픈 것도 느끼지 못했다. 그 후, 다 커서도 나는 세수할 때마다 이마에 살짝 남은 상처를 거울 속으로 보면서 남준이 생각을 하곤 했다.

유치원을 졸업하고 남준이는 수송초등학교로, 나는 교동초등학교로 갈라져 가게 되었는데, 남준이가 나와 다른 학교에 가게 된 사실을 알고 어찌나 슬피 우는지 남준이 어머니가 "너 그렇게 울면 경희한테 장가 안 보낸다."고 하였더니 울음을 뚝 그치더라는 것을 나중에 남준이 누나한테 들어서 알았다. 나도 남준이와 같은 초등학교에 가지 않게 된 것이 무척 슬펐다.

그후, 우리 집은 동대문 밖 창신동에서 종로2가로 이사를 했기 때문에 자연히 만나지 못하게 되었다.

내가 숙명여중에 다닐 때, 학교에서 단체관람으로 명동에 있는 국립극장에 갔는데 그때 경기중학교 학생들도 와서 극장 안에 앉아 있었다. 경기중학이면 남준이가 다니는 학교여서 그가 왔을 것 같아 가슴을 두근거리며 그애를 찾았다. 그러나 남준이는 끝내 눈에 띄지 않아서 무척 서운했다. 그 서운함은 몇 년 계속되었던 것 같다.

남준이가 홍콩으로 갔다는 걸 안 것은 부산에 피난 가서였다. 나의 어머니는 그때까지도 남준이 어머니와 연락이 있으셨던지 1·4

후퇴 때, 부산에 피난 간 지 얼마 안 되어서 나를 남준이 집에 데리고 가셨다. 남준이 어머니께서 나를 보시면서 "남준이는 홍콩으로 갔단다. 거기서 저의 형이 있는 일본으로 갈 거야." 하신다. 나는 그 사실이 그렇게 허망했고 쓸쓸할 수가 없었다.

남준이는 그렇게 한국을 떠나 버렸던 것이다.

백남준의 귀국은 매스컴에 의해 알았다. 비디오 아티스트로서의 그는 내가 알고 있는 정도를 훨씬 넘는 그런 대단한 인물이 되어 있었다.

그가 그의 일본인 부인과 함께 입국하는 모습을 나는 TV로 보았다. 반갑기도 하고 이상하게 서먹서먹한, 아무튼 그런 기분이었다. 내가 만일 소설로 쓴다면 그때의 기분을 제대로 표현할 것 같은데… 하는 그런 생각이었다.

아주 오래 전 내가 결혼하고 얼마 안 되었을 때 남준이 작은누님을 길에서 만났더니, "어머, 경희는 결혼을 했네. 남준이는 독일에서 전위예술인지 뭔지 괴상한 짓을 하고 있느라고 장가도 안 들고 있는데ㅡ." 해서, 나는 남준이는 그냥 예술만 하고 사는 줄 알았다. 그런 그가 일본인 부인과 함께 고국에 돌아온 것이 나에게 세월을 느끼게 했다.

흰 와이셔츠에 검은 멜빵을 멘, 헐렁한 옷차림의 백남준이 친척들의 환영을 받고 있는 모습을 방에 앉아서 먼 산 바라보듯 하였지만 나의 머릿속의 주마등은 끊임없이 굉음을 내며 돌아가고 있었다.

그런데 남준이가 공항에 내리자마자 기자들이 묻는 말에 "나의 유치원 친구, 이경희를 만나고 싶다"고 말했다는 기사가 바로 석간신문에 실려 있는 것이 아닌가! 나는 혹시 잘못 본 것이 아닌가 했지만 분명히 거기엔 "유치원 친구, 이경희"라고 씌어져 있었다. 나는 깜짝 놀랐다. 그리고 반가웠다. 도대체 '이경희'라고 해서 누가 난 줄 알 것인가? 그러나 그가 분명 나의 친구였음을 확인하는 감격적인 말임에 틀림없었다.

그날 밤, 나는 퇴근한 남편에게 이 사실을 전하면서 신문기사를 보여 주었다. 남편은 기사를 보면서 "미친 놈!" 하고 내뱉듯이 말하는 것이었다. 그러나 그러는 그의 얼굴과 음성은 '응당 그럴 수 있다'는 것을 이해한 사람의 그것이었다.

사실 나는 남편이 아무 말 없이 가만히 있었으면 얼마나 불편했을까? 그런데 그의 너무도 적절한 표현이 그리도 고맙게 느껴질 수가 없었다.

남편은 나의 첫 수필집 ≪산귀래≫에 쓴 〈왕자와 공주〉라는 글에서 이미 남준이와 나 사이를 알고 있었기 때문에 백남준이를 '유치원 남자 친구' 이상의 성장한 남자로 보지 않고 있었다는 것을 알았다.

∽ C'est la Vie! 우린 너무 늦게 만났어

워커힐 빌라, 남준이는 방에 혼자 있었다. 한국일보 인터뷰를 위해 예정에 없던 그와의 두 번째 만남이었다.

남준이는 나를 보자 두 팔로 반기며 부르짖듯 말한다.

"세 라 비! 우린 너무 늦게 만났어."

그의 입술이 가까이 다가왔다. 나는 반사적으로 그의 팔에 감싸인 내 어깨를 뒤로 젖혔다. 왜 그랬는지는 모른다. 남준이는 멈추지 않고 말을 이었다.

"난 섹스를 못해. 당뇨병이라."

짐작도 해본 적 없는 남준이의 이 말. 남준이가 왜 나에게 만나자마자 이런 사실을 밝혀야 했는지, 나는 속으로 당황했다. 남자로서 가장 중요한 신체의 불능을 나에게 밝힌다는 것은 여간한 용기가 아니고는 할 수 없는 고백이다. 나는 그의 말에 아무런 반응을 보이지 않았다. 아니 그의 말을 못 들은 척했다. 그러나 남준이의 건강이 그렇게 되었다는 것은 충격이었다. 섹스와 사랑을 연결시켜, 그것이 미안해서 고백해야 했던 남준이는 참으로 정직한 남자라는 생각이 들었다.

남준이와 나는 '견우와 직녀'가 되고 말았다. 어쩌면 그리도 짧은 두 마디의 표현으로 긴긴 35년 동안의 공백을 메우려고 하는 것인지. 견우와 직녀의 사랑은 그렇게 비켜가고 있었다.

남준이의 목소리가 나의 귓가에 여운으로 남아있는 채, 나는 그의 두 팔에서 빠져나왔다. 아무것도 못 알아들은, 아니 알아듣지 못하는 어린애처럼 나는 다른 이야기로 말을 돌렸다.

"책을 가지고 왔어요."

조심스럽게 그의 팔에서 빠져나온 나는 핸드백에서 문고판으로 된 수필집을 꺼냈다. 그리고는 앞에 서있는 남준에게 나의 책을 손에 들게 했다. 남준이는 선 채로 책을 펼치더니 연보부터 읽었다. 연보에는 나의 어린 시절부터의 자질구레한 이야기가 다 쓰여 있었다. 명동성당 건너편에 있는 애국유치원에 다녔다는 이야기부터 천재예술가 백남준이 유치원 동창생이라는 것까지. 그리고 오수인이라는 남자와 결혼하고, 딸을 넷 낳고…, 이런 식으로 쓴 연보를 한눈에 훑어보더니 말한다.

"아휴, 방송을 이렇게나 많이 했어? 일주일에 한 번씩이면 일 년이면 48번, 20년이면…."

남준이는 방송에 관심이 많았다.

"참, 경희가 쓴 〈왕자와 공주〉, 아주 좋았어. 그 글은 내가 영어로 번역해야지."

"아, 와타리(和多利)화랑에 놓고 간 책 받았어요?"

남준이는 내가 물어보려 했던 말을 먼저 꺼냈다. 실은 내가 도쿄에서 '백남준전'을 하고 있다는 기사를 보고 속으로 무척 반가워했던 일이 있다. 마침 일본에서 공부를 하고 있는 막내딸을 보러 도쿄로 가는 날 아주 우연히도 신문에서 그 기사를 본 것이다. 그때 나는 수필집 《산귀래》를 들고 갔다. 남준이와의 어렸을 적 얘기를 쓴, 〈왕자와 공주〉라는 글이 실려 있는 책이다. 그에게 그 책을 꼭 전달할 수 있을지의 자신은 없었지만 어쨌든 들고 갔다. 나는 막내딸 승민이와 함께 물어물어 와타리(和多利)화랑을 찾아가서 책을 전해놓고 돌아왔다. 바로 그 책을 받았다는 이야기였다.

　　"그게 난 줄 알았어?"

　　"물론이지."

　　"어떻게?"

　　"독일서 일본으로 돌아가자마자 경희 소식을 알고 싶어서 물었더니 경희가 방송스타가 됐다고 하질 않겠어? 그래서, 아—, 서울 가면 찾을 수 있겠구나 했지."

　　"어머, 일본에서 누가 내 얘기를 그렇게 잘 알고 있었던 거야?"

　　"일본에서, 가마쿠라에 있는 남일이 형네 집에 있었는데 그 형한테 들었지."

　　여러 가지로 놀라웠다. 남준이 큰형님인 '남일'이란 이름을 들으니까 옛 일이 너무도 생생하게 떠올랐다. 어려서 남준이네 집에 놀러 가면 어쩐 일인지 '남일'이 형과 자주 마주치면서도 서로 한 번도 아는 체 하질 않았다. 그것이 참으로 이상한 기억으로 머리에 남아 있었는데 바로 그 남일이 형이 나를 기억하고 있었다는 것이니 놀랄 수밖에—.

"경희가 몸이 아파서 병원에 입원했다는 이야기도 들었어. 결혼한 것도 알고 있었지."

남준이는 나에 대해서 알고 있었던 것들을 힘도 안 들이고 얘기하고 있었다.

∽ 18년 만에 읽게 된 백남준의 글 〈뉴욕 斷想〉

'호랑이 담배피우는 집' 옆 골목으로 들어가면 막다른 곳에 부잣집이 있었다. 대문이 어찌나 큰지 동네에서는 그 집을 큰대문집이라고 불렀다. 큰대문집은 안채니, 사랑채니, 바깥채니 해서 군데군데에 방과 마루들이 있었으며, 집 뒤편에는 동산까지 있는 어마어마하게 큰 집이었다.

큰대문집에는 나와 유치원 한반에 다니는 남준이라는 사내아이가 있었다. 나는 아침마다 남준이네 자동차로 함께 유치원에 다녔다. 유치원에서 돌아와서도 매일같이 남준이 집에 가서 놀곤 하였다. 남준이는 내가 가면 마당에서 놀다가도 슬그머니 자기 방으로 들어가 버린다. 내가 으레 자기를 따라 들어갈 줄 아는 것이다. 자기 방으로 들어간 남준이는 보통 아이들은 가지고 있지 않은 값비싼 일본의 그림책 '고단샤노 에홍'(講談社의 그림책)을 방바닥 하나 가득히 펼쳐놓고는 따라 들어간 나에게는 조금도 관심을 보이지 않고 책만 들여다보곤 한다. 그런 남준이가 늘 나는 미흡하였다. 한참 후에 남준이와 나는 책 한 권씩을 들고 뒷동산으로 가서 나란히 벚나무 아래에 앉는다. 둘이서 시간 가는 줄 모르고 그림책을 들여다보고 있는 동안 나는 어느새 고단샤노 에홍에 나오는 왕자가 남준이 같다는 생각을 하게 되고 나는 왕자를 좋아하는 공주가 되어버린다. 왕자와 공주는 서로 말없이 좋아했다. …

〈왕자와 공주〉라는 제목의 이 글은 마흔이 가까운 나이에 첫 수필집 ≪산귀래(山歸來)≫를 내면서 문득 남준이 생각이 나서 쓴 글이다.

이 글을 쓴 지 14년이 지난 1984년 1월 1일 새벽, 백남준이 처음으로 한국에 알려지는 텔레비전 위성 쇼가 방영되었다. 나는 남준이 얼굴을 보기 위해서 〈Good Morning Mr. Orwell〉이라는 텔레비전 위성 쇼를 잠을 안 자고 새벽까지 기다렸다가 보았다. 흰 눈이 내리고 있는 밤이었다.

마침내 움직이는 영상 속에서 유치원 때 보고 못 본 남준이가 나타났다. 그런데 참으로 이상한 일은 35년이란 오랜 세월이 지났는데도 남준이 얼굴이 조금도 낯설지가 않다는 사실이다.

그의 영상 쇼를 보고 나는 또 글을 썼다. 〈흰 눈과 미스터 오웰〉이라는 제목의 이 글은 마침 신문 칼럼을 쓰고 있던 중이어서 그곳에 실렸다.

눈은 그때마다 새삼스럽고 반갑다. 어려서의 기억의 눈과 연결되는 일이 가장 선명하며 이 해의 반가움 역시 연말부터 내린 흰 눈으로부터 시작되는 것 같다. … 정초의 새벽 2시를 기다려 백남준의 비디오 아트 〈굿모닝 미스터 오웰〉을 본다. 그의 예술은 선명한 빛깔로 비춰주고 있으나 나는 사실 그것을 이해하기까지 이르기엔 너무 멀리 있다는 것을 느낀다. 그저 그의 메시지가 1984년이 희망적이고 행복하다는 것임을 알 뿐이다. 특히 백남준이 '나의 어릴 때 친구였다'는 사실이 나를 그렇게 행복하게 할 수가 없었다. 유명인사를 놓고 그 사람이 내 동창이고, 친구고, 하는 사람의 이야기를 들으면 그토록 경멸스러웠는데, 나는 이 밤, 온 지구촌에 비춰 줄 그의 새 시대를 고하는 영상예술을 대하면서, 바로 그가 '나의 어려서의 사내 친구'였다는 말이 어떻게 들리든, 필경 난해할 수밖에 없는 그의 예술을 이해하는 데 도움이 된다면 그 경멸스런 말도 하고 싶은 심정이었다. … 솔직히 말하면 나는 ≪1984년≫이란 소설이 이 세상에 있었다는 것도 알지 못했다. 그것이 이번 연말부터 그 소설과 오웰이란 인물을 소개해 주면서부터 알게 되었을 뿐인데, 나의 친구 남준이는 이런 상식적인 이름이 세계인에게 어떤 충격을 준다는 것을 알고 있었다는 것, 그것이 나는 신통했다. 역시 그는 천재였던 모양이다. 어떻든 나는 세기적인 예술을 연출하는 천재친구의 현장을 목격한다는 그 사실만으로도 흐뭇했다.

영상은 불연속적으로 바뀌고, 낯선 얼굴, 연주, 춤, 중복되는 화면과 색깔의 파문 등이 마치 텔레비전 수상기가 망가진 것이 아닌가 하고 착각할 정도로 혼란했어도, 친구 남준이가 만든 것이라는데 내가 모를 것 뭐 있겠는가 하는 생각으로 보면서 어느새 친근감을 느낄 정도로 끝까지 즐겁게 볼 수 있었다. …

밖에는 눈이 쌓이고, 어제 오늘, 이 겨울 최하의 기온을 기록하는 추위 속에서도 나는 이 해가 남준이가 예언하는 것처럼 유머러스하고 도처에 해프닝이 기다릴 것만 같아서 나이를 잊고 즐겁게 살아갈 수 있을 것 같다.

백남준이 고국을 떠나있는 동안, 어릴 적 사내친구 이야기를 두 번씩이나 글로 썼다는 것은 남준이 생각이 잊혀지지 않아서였겠지-.

수필집 ≪산귀래≫를 낸 지 14년이 지난 1984년에 백남준이 고국에 돌아왔다. 그 2년 후, 뉴욕에 갔을 때 재미화가 이상남 씨가 나의 호텔로 찾아와서 아주 오래전에 발행된 『공간』 잡지를 나에게 보여주며, 여기 백남준 선생이 쓰신 글이 있는데 아무래도 이경희 씨 이야기 같다고 한다. 그럴 리가? 1968년에 발행된 『공간』 잡지라면 18년이나 전의 일인데 당시에는 백남준이 한국에 알려지지 않았을 때이다.

이상남 화백이 펼쳐 보인 곳에는 〈뉴욕 斷想〉이라는 제목의 백남준의 글이 있었다.

명동 뾰죽당 아래 애국유치원에 '망할련'이라고 별명 듣던 '마하라' 선생에게 데려다 주는 사람이 같이 데려다 주어 유치원을 같이 다니다가, 校洞, 壽松으로 소학교가 나뉘면서도 공일날이면 같이 놀던…, 어느 날 '술래'를 피하여 뒷산 창고 뒤 도당 아래 둘이서 꼭꼭 숨어보니, 별안간 春을 느끼어 그 후 서로 내외하다가 6·25로 헤어져, 傳聞하건대 KBS 스무고개의 人氣博士로 활약하다가, 지금은 某 文人과 幸福히 가정을 이루신 ○○○孃에게 드린 詩가 있으니, 却說 써 볼까요?

頌李箱 ○○○ 氏에게

사랑아 사랑 사랑 사랑아 낭상 낭상

사랑아 살랑 살랑 사랑아 바닥 바닥

사랑아 달랑 달랑 사랑아 타각 타각

사랑아 팔랑 팔랑 사랑아 바싹 바싹

사랑아 갈랑 갈랑 사랑아 아작 아작

사랑아 담방 담방 사랑아 말랑 말랑

사랑아 빠각 빠각 사랑아 깔랑 깔랑

사랑아 바삭 바삭 사랑아 타박 타박

사랑아 까닥 까닥 사랑아 바락 바락

사랑아 발칵 발칵 사랑아 상냥 상냥

사랑아 알랑 알랑

백남준의 〈뉴욕 斷想〉은 난해한 사랑의 시로 끝나 있었다.

나의 〈왕자와 공주〉보다 두 해나 전인 1968년에 쓴 그의 글 속
에 나와의 어릴 적 기억이 더 많이 담겨있는 것에 놀랐다. 그런데
말이다. 18년도 전에 쓴 이 오래 된 백남준의 글이 어떻게 내 앞에
나타나게 되었는지? 참으로 신기한 일이었다. 한번 활자화된 글은
읽힐 사람에게 반듯이 찾아가서 읽히게 된다고 한 친구 S의 말이
떠올랐다.

'남준이도 나를 기억하고 있었구나!'

온 천지가 나의 것이 된다고 해도 이보다 더 꿈만 같이 벅찬 기쁨이 있을까.

"남준아, 고마워!"

입속에서 저절로 되풀이되는 말이었다.

∽ 바하마 뱃길, 긴긴 시간 남준(南準)이 생각을

"바하마가 어떤 곳이죠? 지역이에요, 나라예요?"

바하마에 다녀왔다니까 D씨가 묻는다. 즉각 대답이 나오지 않았던 것은 그런 질문을 왜 하는지를 몰라서였다.

"바하마의 수도가 나소(Nassau)니까 나라겠죠."

"아아, 그런가요?"

D씨는 싱겁게 나의 대답을 받아들였다.

바하마 관광책자를 뒤적였더니 이런 말이 적혀있었다.

대부분의 사람들은 바하마를 생각할 때, 바하마는 단지 하나의 섬이라고 생각한다. 혹은 하나의 지역이라고 생각하는 사람도 있다. 그러나 그것은 잘못 생각하는 것이다. 바하마는 하나의 국가이다. 700개의 각기 다른 섬과 산호초들로 구성된 국가이다.

이것을 읽고서야 D씨가 물었던 이유를 알았다. 나는 그저 지리 시간에 배운 '바하마군도(群島)'라는 것만 외우고 있었을 뿐, 더 이상 아무것도 알 생각을 하지 않고 있었던 것이다.

마이애미에서 관광여행사 사무실에 들렀더니 '바하마크루즈 1일 관광'이라는 여행 상품이 있었다. 새벽 5시에 호텔을 떠나서 밤 11시경에 돌아온다는 설명이다. 주저할 것도 없이 당장 다음날 것으로 예약했다. 여행사 직원은 패스포드를 잊지 말고 가지고 나오라는 말을 강조하며 예약증을 끊어주었다.

7시에 마이애미 항구를 떠난 배는 낮 12시가 좀 지나서 바하마에 도착하였다. 정확히 말해서 우리가 상륙한 곳은 미국 플로리다에서 제일 가까운 그랜드바하마란 섬이다. 이 섬은 700개의 바하마 섬들 중에서 제일 큰 섬이란다. 안내원은 배에서 내린 관광객들에게, 바다 잠수하기, 보트타고 바다 밑 구경하기, 해수욕하기 그리고 루카야(Lucaya)라는 바닷가 휴양지로 가기 등, 이 중에서 하고 싶은 것을 택하라고 한다.

무엇을 한담? 수도인 나소에 가는 것까지는 아니더라도 바하마 주민들이 사는 집과 골목들이 있는 곳을 구경하고 싶었는데 온통 짠 바닷물에 몸을 담그는 일 아니면 뜨거운 햇볕이 내려 쪼이는 바닷가에서 모래만 밟는 일을 하는 것이니 실망이다.

12월의 루카야 바닷가는 조용했다. 백색 모래사장 위에 서있는 키 큰 야자수 나무들과 모래 위 햇빛에 누워있는 남녀의 쌍들이 드문드문 눈에 들어왔다. 이 사람들은 피서가 아니라 피한을 온 거구나. '윈터 히븐'(Winter Heaven)이란 이름의 호텔을 마이애미에서 보았는데 정말로 이런 곳을 '윈터 히븐'이라고 하겠지.

나는 바닷가에 있는 쉐라톤호텔에서 엽서를 사서 로비에 앉아 딸들에게 편지를 썼다. 바하마 우표를 붙이니까 내가 정말 멀고 먼 딴 세상에 와 있구나 하는 생각이 들었다.

바하마 관광은 루카야 바닷가에 있는 비치파라솔에 앉았다 오는 것으로 만족해야 했다.

바하마에서 돌아오는 뱃길, 갑판 위에서, 나는 마이애미에서 있었던 일이 마냥 머릿속에 되새겨졌다.

그 기적 같은 일이…!

마이애미에 갔던 것은 나의 친구 남준이를 만나기 위해서였다.

남준이에 대한 두 번째 책을 쓰기 위해서, 그의 건강이 더 나빠지기 전에 만나야겠다는 생각으로 마이애미행을 계획했던 것이다. 겨울동안 뉴욕의 추위를 피하기 위해서 매년 마이애미로 가서 겨울을 지내는 그의 마이애미 생활도 볼 겸, 그래서 그에게 전화를 걸어서 내가 간다는 약속을 했던 것. 얼마 전, 한국에서 찾아간 기자에게 "이경희를 만나고 싶다."고 한 백남준의 말이 신문기사로 난 것을 보고 더 서둘러 마이애미로 갈 생각을 한 것이다. 백남준이, 내가 묵을 호텔까지 일러주었기에 그가 얼마나 나를 기다릴까 하는 생각만으로 마이애미에 도착했다.

그런데 그의 집으로 거는 나의 전화를 받는 사람이 없었다. 저녁 늦게까지도 받는 사람이 없었다. 전화 벨소리만 계속 울릴 뿐 응답의 목소리는 들리지 않았다. 순간 느껴지는 것이 있었다.

'부인 시게코 씨가 내가 거는 전화인 것을 알고 받지 않고 있구나!' 서울에서 떠나기 전에 팩스로 나의 도착을 상세하게 보낸 것을 그녀가 남편 남준에게 전하지 않았음을 알았다.

그날 밤, 나는 주기도문을 외우며 마음의 평정을 찾으려 노력했다.

서울에서 그 먼 마이애미까지 마음먹고 갔는데 그 기대가 참담하게 무너진 것을 알았을 때, 그럴 때 할 수 있는 것이 오직 기도문

외우는 일밖에 나에겐 없었다. 독실한 신자도 아니면서 그럴 때나 기도문을 외우다니ㅡ.

"하늘에 계신 우리 아버지, 아버지의 이름이 거룩히 빛나시며 …" 처음에는 입 속으로 외우다가 나중에는 크게 소리를 내어 외웠다.

다음날 아침, 참으로 기적 같은 일이 일어났다. 내가 바닷가 길을 가다가 남준이를 만난 것이다.

내가 묵는 호텔 가까이에 바다가 있었다. 아침 일찍 호텔을 나와 바닷가로 나갔다. 모든 것을 포기하고 나니까, 남준이를 못 만나게 되었다는 어젯밤의 난감했던 생각이 가시고, 신기하게도 바다를 바라보는 나의 마음이 무척 평온해 있었다. 나는 손에 든 카메라로 바다 사진을 찍었다. 눈앞에 펼쳐진 푸른 바다가 어찌나 보기 좋았던지! 그리고는 산책을 하려고 걷기 시작했다. 길 건너에 노천카페가 보였고 나는 비스듬히 길을 건너서 노천카페 쪽으로 걸어가고 있었다. 그런데 뒤에서 소리가 들렸다.

한 사나이의 목소리ㅡ. 나를 부르는 것 같았지만 정상적인 목소리가 아니어서 어떤 녀석이 장난으로 나를 부르는 것으로 알았다. 나는 모르는 척 그냥 지나갔다. 그런데 다시 같은 목소리가 들렸다. 그러자 누군가 옆에서 말리는 것 같은 소리가 들렸다. 장난치

지 말라고 말리는 것 같은 소리로 들려서 마음이 좀 놓였는데 그때 더 큰 소리가 들렸다. 그것은 분명 나를 부르는 목소리였다.

나는 목소리가 들리는 뒤를 돌아보았다. 사실인즉, 생각하면 얼마나 웃기는 일인가. 내가 뭐 그렇게 젊다고 이 나이의 나를 어떤 녀석이 유혹하는 것으로 알고 그냥 지나가려 했으니 착각을 해도 이만저만이 아니다.

뒤돌아본 그곳에 여자가 앉아있었다. 백남준의 부인 시게코 씨였다. 그리고 그 옆에 바로 남준이가 앉아있는 것이 아닌가!

꿈같은 일이다. 나는 잠시 그 자리에 서서 남준이 얼굴을 확인하였다. 분명 남준이였다. 그를 만날 생각을 거의 포기했기 때문에 마음을 비우고 산책하던 중인데, 그런 나를 카페에 앉아있던 백남준이 발견하고 불렀으니 말이다. 옆에서 시게코 씨가 말리는 소리가 들리지 않았던들 내가 뒤돌아볼 수 있었을지?

"언제 마이애미에 왔어요?"

시게코 씨가 나에게 물었다. 나는 전화가 되지 않았던 일을 말했다. 그러는 동안 남준이는 나의 얼굴을 쳐다보며 소리를 질렀다. 무언가를 나에게 말을 하고 있는 것인데 그것은 말로 들리지 않고 소리를 지르고 있는 것같이 느껴졌다. 남준이의 말을 못 알아듣고 있는 나에게 시게코 씨가 말한다.

"당신이 와서 그래요. 이 사람이 흥분을 하면 소리를 질러요. 의사가 흥분하는 것이 제일 안 좋다고 해요. 심장혈관이 파열이 되기 때문에 아주 조심하라고 하는데 이렇게 흥분을 하고 있으니."

그러는 동안에도 남준이는 계속 내 얼굴을 쳐다보고는 괴성을 내고 있다.

나는 덥석 겁이 났다. 이렇게 소리를 지르다가 정말로 심장혈관이 파열되는 것이 아닌가 하고−. 나는 급히 그에게로 가서 남준이의 머리를 감싸안으며 말했다.

"이제 고만해. 내가 왔지 않아? 이렇게 내가 왔지 않아?"

필사적으로 그렇게라도 해서 그의 흥분을 가라앉힐 수밖에 없었다. 그러자 남준이는, 내가 꼭 감싸 안고 있는 두 팔 안에서 머리를 빼고는, 입을 크게 벌리고 소리를 질렀다. 고개를 뒤로 젖히고 더 큰 소리를 낸다.

"아아아아아아아─ !"

그것은 소리가 아니고 절규였다. 손바닥으로 나는 하늘을 향해 절규하는 그의 벌린 입을 꽉 눌렀다. 소리를 못 내게 하기 위해서는 그 방법밖에 없었다. 그의 두 눈에서 반짝이는 것이 보였다. 시게코 씨가 옆에서 남준이를 큰 소리로 나무란다.

"남준! 이렇게 소리를 지르면 이 집에서 더 이상 오지 못하게 할 거야."

얼마 만에 남준이는 조용해졌다. 나는 내 자리에 돌아와 남준이가 하라는 대로 아침식사를 주문했다. 우리의 테이블은 평온을 찾았고 대화가 정상적인 목소리로 돌아갔다.

"어느 호텔에 묵고 있어요?" 시게코 씨가 묻는다.

"비치플라자 호텔이에요. 바로 요 근처입니다."

그때 남준이가 입을 열었다.

"아, 내가 말해준 호텔? 고맙습니다! 고맙습니다!"

비치플라자는 전화로 그가 말해 준 호텔이름이다. 그의 집 가까이에 있는 호텔이니 그곳에 묵으라고 해서 예약했다. 그런데 '고맙습니다.'라니, 그가 왜 나에게 고맙다는 건가. 고마우면 내가 고마운 것이지. 자기가 일러준 대로 그 호텔에 와서 묵고 있다는 것이 고맙다는 걸까.

흥분이 가라앉은 남준의 목소리는 완전히 정상으로 돌아왔다. 나는 올림픽미술관 개관 이야기와 더불어 그곳에 전시되어 있는 남준이 작품과 시게코 씨 비디오 작품의 사진을 찍어왔다는 얘기를 하였다.

시게코 씨가 마이애미에서 언제, 그리고 어디로 가냐고 묻기에 사흘 후에 쿠바로 간다고 하니까 남준이가 얼핏 말을 잇는다.

"아, 쿠바! 내가 가고 싶어 하는 곳인데ㅡ."

남준이의 그 말이 반가워서 내가 얼핏 말했다.

"우리 함께 가요."

"나는 못 가. 나는 몸이 반신불수라서 못 가."

'반신불수라서 못 간다'고 되풀이해서 말하는 남준이의 얼굴은 너무도 심각하고 굳어있었다. 가슴이 아렸다. 나는 화제를 바꿨다.

"지난번 뉴욕 스튜디오에서 가진 퍼포먼스, TV에서 봤어요. 신문에도 크게 났고, 아주 잘 된 것 같아요."

"응. 켄(백남준의 조카)이 하라고 해서 했어. 켄이 일을 잘해."

"나에게 퍼포먼스 소식과 함께 오라는 연락이 오더니 나중에 또 오지 말라는 연락이 와서 가지 않았어요."

"누가?"

남준이는 놀라는 표정으로 나의 얼굴을 쳐다보더니 그냥 입을 다물고 만다. 어떻게 된 사정인지를 남준이는 알아차린 것이다.

그러더니 남준이는 내 얼굴을 쳐다보며 말한다.

"옛날과 똑 같아."

갑자기 그게 무슨 말인가 해서 되물었다.

"뭐 라 구?"

"어렸을 때와 똑같아, 경희-."

남준이는 같은 말로 반복했다.

"내가 예쁘다구?"

어려서 남준이 집에서 나를 예쁘다고 한 것이 생각나서, 나는 좀 **뻔뻔스럽긴** 했지만 분위기도 바꿀 겸 그렇게 물었다. 남준이는 순진하게도 "응." 하고 대답한다.

남준이와의 대화가 길어지자 옆에 있는 시게코 씨가 신경이 쓰여서 중단하고 시게코 씨에게 말길을 돌렸다.

"어제 전화를 여러 번 했는데 안 계시더군요. 어디를 가셨죠?"

그러자 갑자기 그녀가 흥분한다.

"당신이 내가 어디를 갔는지 알아야 할 이유가 뭐에요? 내가 당신에게 그것을 이야기해야 해요?"

얼마나 황당한 공격이 쏟아져 나오는지−. 나는 할 말을 잃고 아무 대답도 하지 못했다. 그녀의 마음을 조금도 상하게 하고 싶지 않은 것이 나의 평소의 생각이고 또 이런 내 마음이 진정이기 때문에 지금까지 잘 지내왔던 것이 아닌가. 그런데 지금의 그녀의 행동에는 감당할 길이 없었다.

그녀는 아침식사를 끝내지도 않은, 휠체어에 탄 남편을 그대로 밀고 자리를 떴다.

기적 같은 남준과의 만남은 그렇게 끝이 났다.

'아. 남준이의 마지막 모습이라도 남겨야지!'

나는 휠체어에 탄 남준이의 뒷모습을 급히 따라가서 카메라에 담았다. 그리고는 생각했다.

'이제 나는 마이애미에 온, 나의 목적을 다했구나―.'

놀랍게도 그 순간, 나의 마음이 고마움으로 차있는 것을 알았다.

한국을 떠난 남준이가 35년의 세월을 잊지 않고 나를 기억해준, 그런 어릴 적 친구 남준을 위해서 내가 할 수 있는 일은 그를 위해 기록으로 남기는 일이다. 첫 번째 책 ≪白南準 이야기≫도 그렇게 해서 나왔다. 남준이가 나에게 자기와의 어렸을 적 이야기를 써주기를 원해서 시작한 일이지만 이제는 내가 고맙다.

남준이 같은 친구를 위해 글을 쓸 수 있다는 것이―.

바하마에서 돌아오는 뱃길. 갑판 위에서 긴 긴 시간 남준이 생각을 하는 동안 바다 위의 하늘이 캄캄해졌다. 별들만 보일 뿐 달은 없었다.

갑판 아래를 내려다보았다. 먹물같이 시커먼 바닷물을 배가 가르고 지나가는 자리에 흰 파도자락들이 솟아오르고 있다. 하늘과 바다가 분별되지 않는 어둠 속을 우리의 배는 속력을 다해 물결을 가르고 있는 것이 무척이나 미덥게 느껴졌다.

멀리 바다 위로 불빛이 보인다.

마이애미 항구의 불빛이었다.

이경희의 작품평

글은 왜 쓰는가

김현 | 문학평론가

이경희 씨의 《뜰이 보이는 창》을 읽고 나는, 글은 왜 쓰는가 라는 문필가 본래의 문제와 다시 마주쳤다. 아름다운 삽화와 간단한, 그리고 생활 주변에서 쉽게 얻을 수 있는 사건들에서 삶의 지혜를 찾아내는 그녀의 노련한 솜씨, 그리고 그녀의 애교 있는 여행담 같은 것을 충분히 즐길 수 있는 글의 마지막 장을 넘긴 후의 나의 맨 처음의 느낌은, 도대체 글은 왜 쓰는가 하는 것이었다. 왜 그러한 질문에 부딪치게 되었을까. 그녀의 무엇이 나로 하여금 그녀의 몽상적이고 동화 같은 세계 속에 그대로 침잠할 수 없게 만든 것일까. 그 글들이 재미없어서일까. 아니다. 그 글들은 내가 볼 수 있었던 아름다운 수필들에 속한다. 여자 특유의 감수성과 직관력은 충분히 독자들을 글의 세계로 인도한다.

그렇다면, 그녀의 감수성과 직관력에 무슨 꺼림칙한 것이 있단 말인가? 천만의 말씀이다. 그녀의 글에는 한국여성 특유의 넓두리도 없고, 고요한 밤에 별빛을 바라보니 가슴이 울렁거린다 라는 따위의 사춘기적 몸부림도 없다. 한 가정을 지키는 주부의 애정 어린 입김이 그녀가 묘사하고 있는 모든 대상들과 인물들을 감싸고 있다. 거기에다가 서구라파의 어떤 국왕의 파티에, 초대장도 없이 돌입해 나간 것을 묘사한 글에서 볼 수 있듯이, 우아한 대담성까지 보인다.

― ≪뜰이 보이는 창≫을 읽고 쓴 평(評) 중에서

∽ 唯史 李京姫 年譜

1932. 서울 종로구 예지동(禮智洞)에서 아버지 이호영(李鎬永)과 어머니
     채중옥(蔡重玉)의 첫딸로 태어나 무남독녀로 자람.

1936. 예지동에서 동대문 밖 창신동(昌信洞)으로 옮김. 나의 어릴 적 기
     억은 창신동 집에서부터임.

1938. 명동성당 앞, YWCA 자리에 있던 애국유치원에 들어감. 비디오아
     트 창시자인 백남준(白南準)과 유치원 동창임.

1939. 서울교동(校洞)초등학교 입학

1941. 창신동에서 종로2가 경성전기주식회사 종로출장소 사택(현 고려
     당 옆)으로 옮김. 당시 아버지가 경성전기(현 한전)에 근무했음.

1944. 폐문임파선염(肺門淋巴腺炎)으로 6학년 때 휴학.

1945. 다시 6학년에 복학했으나 제2차 세계대전 말기의 소개령(疏開令)
     에 의해 숙부가 사시는 강원도 철원에 가서 그곳 남(南)초등학교
     에서 공부함. 한 달만에 8·15광복을 맞아 다시 서울로 옴.

1946. 등교 길에 미국 진주군의 군용트럭에 치어 오른편 다리에 크게 골
     절상 입고 경전병원에 입원. 수술 받고 2개월 만에 퇴원.
     숙명여자중학교에 입학. 합격자 발표 즉시 다시 늑막염으로 경전
     병원에 입원하는 바람에 첫 수업에도 참석 못함.

1947. 숙명여중 개교 50주년기념음악제에 〈쿡쿠 왈츠〉와 〈호프만의 뱃

노래〉 합창 지휘함. 이후부터 매주 월요일 운동장 조례 시 전교생 앞에서 애국가와 교가를 지휘함.

1948. 탁구선수로 대회 출전 시작, 개성(開城)원정시합에 출전했으나 1차전에서 패함(3학년).

숙명여중 개교 51주년기념예술제에 명동에 있는 시공관에서 김유하(金有夏) 선생 안무의 군무(群舞) 〈비너스의 탄생〉에 파도로 출연(파도는 비너스를 위해 뒤에서 출렁이기만 하는 눈에 띄지 않는 역임).

2년 연속 특대생으로 수업료 면제 받음.

1949. 전국학생 탁구대회 개인 복식전에서 준우승함. 이는 나의 복식 파트너인 상급생 박명주(朴明珠) 언니의 실력으로 행운을 차지한 것임.

1952. 숙명여고 졸업(부산 초량목장, 피난학교에서) 합창부를 이끈 공로로 졸업식에서 우등상과 함께 음악공로상 받음.

서울대학교 약학대학에 입학.

동갑인 남편, 오수인(吳壽寅)과 사귐(연희대학교에 다니고 있던 그는, 나의 어머니 친구의 아들이었음).

1953. 서울 환도로 부산 피난지에서 돌아옴. KBS방송 〈스무고개〉 고정 박사로 출연(대학 2학년). 그 후 〈재치문답〉, 〈나는 누구일까요〉 등 라디오와 TV 프로에 근 20년간 패널로 출연.

1956. 약학대학 졸업. 약사고시 국가시험 합격. 한국농약(주)에 입사. 폐결핵으로 10개월 만에 사직함.

1957. 4월에 오수인과 약혼하고 9월에 결혼. 승온(承溫), 승신(承信), 승현(承炫), 승민(承玟), 딸만 넷을 낳음.

1966. 종로5가에 삼호미싱자수학원 설립(교육사업이란 명분으로 설립했으나 경제적 이유가 더 컸음).

마닐라에서 열린, 여성지위향상 제1회 UN세미나 참가.

1968. 호놀룰루에서 열린 제11차 PPSEAWA(범태평양동남아세아 여성협회) 총회 참가.

1970. 제1회 담수회전(淡水會展)에 유화 7점 출품.

첫 수필집 ≪산귀래(山歸來)≫ 출간(석암사)으로 문필활동 시작.

1972. 브뤼셀에서 열린 제4회 국제도서박람회에 한국출판협회 대표로 참가(한국에서 처음으로 참가한 국제도서박람회임).

두 번째 수필집 ≪뜰이 보이는 창≫ 출간(초판 석암사, 재판 대원출판사).

제2회 담수회전(신문회관)에 유화 6점 출품.

영문일간지 코리아헤럴드에 매주 고정칼럼 집필(만3년).

1973. 세 번째 수필집 ≪현이의 연극≫ 출간(석암사).

수필 〈현이의 연극〉이 중학교 국정국어교과서에 수록됨.

코리아헤럴드에 실린 칼럼과 수필을 모아 ≪Giant of a Man He Was≫(그는 하나의 거목) 출간(금연재).

1974. 아르헨티나 부에노스 아이레스에서 열린 BPW(전문직 여성클럽) 제14차 세계총회에 참가.

남미 이민교포 취재를 위한 남미 국가를 일주한 후, 카리브 해 연안국가인 도미니카공화국과 아이티를 여행함.

타이베이에서 열린 아세아지역 ZONTA총회에 한국대표로 참가.

1976. 두 번째 영문칼럼 및 수필집 ≪The Little Sky≫(작은 나의 하늘) 출간(대원출판사).

프랑크푸르트에서 열린 국제도서전에 한국출판협회 대표로 참가.

1977. 스케치 기행 ≪남미의 기억들≫ 출간(열화당).

수필집 ≪봄 시장≫ 출간(금연제).

시드니에서 열린 제41차 세계PEN대회 참가.

1978. 우정의 사절로 미국 몬태나주(州)의 에이본과 보즈멘에서 민박을 하며 친선교류 여행을 함.

1979. 뉴델리에서 열린 아세아작가세미나 참석.

귀국길에 인도의 전통꼭두극(인형극)과 구라파의 현대꼭두극 현장을 돌아보고, 한국의 미개척 분야인 꼭두극예술을 한국에 소개하고, 전문화시키기는 일에 열중하느라고 문필활동에 10년 이상 공백기를 가짐.

1979. 범우에세이문고 ≪멀리서 온 시집≫ 출간(범우사).

1980. 한국을 UNIMA(유니마, 국제꼭두극연맹) 회원국에 가입시키고 UNIMA 한국본부 설립. '어릿광대'라는 이름의 꼭두극단 창단. 꼭두극 〈양주별산대〉 제작. 국내에서 처음으로 마리오네트 꼭두극 공연(소극장 공간).

1981. 계간 『꼭두극』 발행.

1982. 프랑스 렌느 전통예술제에 민속극단 남사당을 인솔하고 공연 참

가 후, 이태리, 덴마크, 프랑스 등 순회공연 가짐.

1984. 동독의 드레스덴에서의 열린 제14차 유니마 총회에서 국제이사로 선출됨.

드레스덴 국제꼭두극페스티벌에서 '사물놀이'와 함께 꼭두극 〈양주별산대〉 공연. 이는 한국 최초로 공산국가에서 가진 공연임. 그후, 유고슬라비아의 루브리아나(1986년, 1992년) 등에서 역시 꼭두극 〈양주별산대〉 공연을 갖는 등, 자신이 생각해도 도깨비 같은 짓을 하며 글과 관계없이 오랜 시간 외도를 했음.

1994. 이미 출간되었던 두 권의 영문 수필집에서 선정하여 ≪Back Alleys in Seoul≫ 출간(신영미디어).

1995. 노르웨이 스타방에르에서 열린 ICOM(국제박물관협회) 총회 참가.

멕시코 가달라아라에서 열린 제49회 세계PEN대회 참가.

2000. 천재예술가 백남준과의 어릴 적 이야기와, 35년 만에 한국에 돌아온 후의 이야기를 엮어 ≪백남준 이야기≫ 출간(열화당).

제9회 리용 댄스 비엔날레(Biennale de la Dance de Lyon)와, 제10회 리용 댄스 비엔날레(2002년)에 취재기자로 초청됨.

2001. 선우명수필선 ≪외로울 땐 편지를≫ 출간(선우미디어).

2006. 1월 29일 마이애미에서 타계한 백남준을 잊지 않기 위해서 '백남준을 기리는 사람들'(백기사) 모임을 창립. 국악인 황병기 선생과 함께 공동대표가 됨.

2009. 1994년 11월부터 2008년 6월까지 12년 8개월 동안 월간 『춤』지

에 연재한 기행수필 중에서 53편을 선정해서 ≪李京姬 기행수필≫ 출간(열화당).

2011. 백남준에 관한 두 번째 수필집 ≪白南準, 나의 유치원 친구≫ 출간(디자인하우스).

현대수필가 100인선 ≪세계를 떠돈 어릿광대, 나의 젊은 날의 삶≫ 출간(좋은수필사).

2014. 선우명수필선 ≪외로울 땐 편지를≫ 개정판 출간(선우미디어).

국제PEN클럽, 한국문인협회, 한국수필가협회, 한국여성문학인회, 숙란문인회에 이름을 두고 있음.

≪백남준 이야기≫로 현대수필문학상 받음.

≪李京姬 기행수필≫로 제3회 조경희수필문학상 받음.

자랑스러운 숙명인상 받음.

2015. 올해의 수필인상 받음

국제PEN클럽 이사, 한국수필가협회 이사, 한국여성문학인회 부회장, 숙란문인회 회장 역임.

내가 태어난
예지동 집 장독대 위에서의
만 9개월인 필자
(1933. 9. 24.)

우리나라에서 처음으로 실시한 동화백화점(지금의 신세계백화점)에서의 스무고개 공개방송 장면. 왼쪽부터 이덕근 박사, 문재안 박사, 필자, 그리고 첫 공개방송을 위해 출연한 신세계백화점의 두 여직원. 오른쪽은 사회자인 임택근 아나운서(1955. 5. 27.)

약혼 후 어머니(가운데)와 함께
(1956. 9.)

가족사진. 맨 앞 셋째 딸 승현, 막
내 승민, 뒤줄, 필자, 큰 딸 승온,
둘째 승신, 남편 오수인 (1970. 8.)

수필집 ≪산귀래≫ 출판기념회 때
아버지와 국제그릴에서(1970. 12. 19.)

수필집 ≪산귀래≫ 출판기념회장에서 남편이 꽃을 달아주고 있다.
(1970. 12. 19.)

벨기에 브뤼셀에서 열린 제4회 국제도서박람회장에서 벨기에 보드웽 국왕과 한국 부스 앞에서 (1972. 4.)

가족사진. 수필 〈뜰이 보이는 창〉에 나오는 동교동 집 연못가에서. 앞줄 왼쪽부터 필자, 승신, 승온, 뒷줄 승민, 남편, 승현 (1973. 8.)

유니마(UNIMA, 국제꼭두극연맹) 한국본부 창립축하회에 모인 발기인들. 왼쪽부터 이진순 연극인, 조동화 춤잡지 발행인, 김재순 샘터 대표, 김수근 건축가, 홍종인 언론인, 필자, 김규택 한국문화재단 이사장, 유근주 번역가, 변종하 화가, 김정옥 연극인, 방곤 불문학 교수, 정희경 교육가, 신지식 아동문학가, 구상 시인, 한남클럽에서 (1979. 9. 18.)

내가 만든 꼭두놀음패 〈어릿광대〉가 제작한 〈꼭두극 양주별산대〉 공연장면. 소극장 공간사랑에서.(1980. 2.) 〈양주별산대〉는 우리나라에서 제일 처음으로 공연된 마리오네트 공연으로 1984년 동독 드레스덴 국제꼭두극 페스티벌에 초청되었음. 공산권국가와 수교가 되지 않은 한국이 동독에서 무대공연을 가진 것은 처음 있는 일이었음.

가족사진. 앞줄 필자와 남편, 뒷줄 왼쪽부터 승민, 승신, 승온, 승현. 방배동 황실아파트에서 (1986. 6.)

35년 만에 한국에 돌아온 백남준 씨와 한국일보 인터뷰를 위해 만난 워커힐 펄빌라 2306호실에서(1984. 6. 29.)

백남준 씨가 살았던 창신
동 큰대문집 앞에서. 프랑
스 카날 프뤼TV에서 〈백
남준의 잃어버린 시간을
찾아서〉 프로를 위해 쟝
폴 파르지에 씨가 촬영한
영상사진. 백남준 씨가 파
르지에 씨에게 영상에 담
으라고 유치원졸업사진을
보여주고 있다. (1986. 7.)

쿠바 아바나의 프로리디
타 카페에 있는 헤밍웨이
동상 옆에서(2004. 12.)

60년도 전에 크리스마스
선물로 받은 낡고 낡은 넥
타이를 맨 남편과 나의 생
일축하 저녁을 하는 사진.
식당 창밖으로 시청광장
의 크리스마스트리가 오
색찬란한 불빛을 반짝이
고 있다. 그런 지 스무닷
새 만에 남편은 호전되고
있던 식도암이 간으로 이
전되어 저 세상으로 떠났
다. (2007. 12. 15.)

제3회 조경희수필문학상 수상식 금호아트홀에서, 임헌영 교수와 김성수 주교(조경희수필문학상 운영위원장) (2010. 5. 8)

숙명여고 출신의 작가모임인 숙란문인회 회원들. 앞줄 왼쪽부터 고(故)박완서(동그라미 안), 강순경, 필자, 한말숙, 김양식, 안명희, 권은정, 뒷줄 김미라, 권지예, 조유안, 홍혜랑, 신중선, 맹난자, 최문희, 유희인, 최순희. 프라자호텔에서 (2010. 12. 9.)

유혜자 수필가, 이선우 그린에세이 대표와 광화문에 있는 경희궁의 아침 아파트 앞의 찻집에서 (2014. 3. 19.)

한국산문 수필가들과 노블카운티 식당에서. 뒷줄 왼쪽부터 박서영, 임명옥, 유병숙, 김미원, 정진희, 앞줄 필자(2017. 3.)

창밖으로 푸른 숲이 보이는 노블카운티 A동 515호 필자의 방에서 딸들과 함께. 뒷줄 왼쪽부터 승온, 승신, 승현, 승민 (2018. 7. 14.)

김건열 교수의 ≪나의 슈바이처≫ 출판 축하를 위해 모인 노블카운티 명리반 회원들. 왼쪽부터 필자, 김건열, 윤경은, 오른쪽 유선자, 김명희, 김복기. (2018. 12. 21.)

백남준씨와 일본인기술자 아베 슈야 씨와의 서신들을 엮은 ≪백·아베 서신집≫ 출간축하회에 모인 백기사(백남준을 기리는 사람들) 회원들. 앞줄 왼쪽부터 정재숙 문화재청장, 송정숙 전 보사부장관, 이어령 전 문화부장관, 필자, 김동호 전 부산국제영화제이사장, 김종규 문화유산국민신탁 이사장, 오병승 전 서울교대 교수, 가운데 줄 박상애 백남준아트센터 연구원, 이태행 전 KBS이사, 김용원 한강포럼 대표, 김건열 전 서울의대 교수, 이종성 아트마스터 대표, 이영철 백남준아트센터 초대관장, 서진석 백남준아트센터 관장, 고혜련 ASK 대표, 오승신, 송가현 서울시립미술관 연구원, 맨 뒷줄 왼쪽부터 이유진 백남준아트센터연구원(얼굴이 가려짐), 유민영 연극평론가, 김남수 춤평론가, 이동식 전 KBS정책기획본부장, 유정 삼하사 대표, 오승민, 오승온, 오승현, 장필준 MKI 대표이사. 프라자호텔에서 (2019. 2. 29.)

李京姫

창신동에서 지금 여기
昌信洞